傲慢な龍は身代わりの虎を喰らう

雨宮四季

JN287067

AZ BUNKO
イースト・プレス

CONTENTS

傲慢な龍は身代わりの虎を喰らう　7

あとがき　259

illustration 小椋ムク

傲慢な龍は身代わりの虎を喰らう

「君の、お父さんになりたいんだ」

飯田龍一《いいだりゅういち》の口からその言葉が出た時、篠崎虎之助《しのざきとらのすけ》の恋は終わった。


秋の夕陽を背に、音を立てないように日焼けした階段をゆっくりと昇って、虎之助はおんぼろアパートの二階である自宅を窺《うかが》う。背負っていた竹刀《しない》をそっと途中の壁に立てかけ、きらきらと派手に光ってしまう金茶色の頭が見えてしまわないように、そっと、そっと。

読みが当たった。褪《あ》せた橙色《だいだい》に染まった家の前の廊下に、赤いカーディガン姿の母の亜希子《あきこ》とサマーセーターを着た龍一がいる。

二人の年齢差は、間に虎之助が一人入るほど。親子ほども開きがあるはずなのだが、ショートカットがより童顔を強調している亜希子と長身で大人びた龍一が並ぶと、はた目にはお似合いのカップルにしか見えない。

「亜希子さん、時間はまだ大丈夫なんですか？」

「うん、今日は夜勤だから。それに最近、虎之助ったら帰りが遅いの。中間テストが近いから、そろそろ帰ってきていいのに……」

看護師である亜希子のシフトが不規則であること、女手一つで育てた一人息子をいつも心配していることは、篠崎家の隣に引っ越してきて六年以上経つ龍一はよく分かっているはずだ。虎之助が羨《うらや》ましくてならない、見事な黒髪を風になびかせながら気を利かせた。

「僕が見てきましょうか」

「大丈夫よ。携帯も持ってるし、トラだってもう子供じゃないんだから、気にしないで。主将を任されてるんだから、部活に顔を出さないといけないのかもしれないし」

口ではそう言うが、亜希子は明らかにそわそわとあたりを見回している。ともすると目が合ってしまいそうで、虎之助は慌てて目立つ頭を一層引っ込めた。

「いえ……もしかしたら、トラの帰りが遅いのは僕のせいかもしれないから」

物憂げな龍一の声が、鼓動を早める。

「この間、言ってしまったんです。君のお父さんになりたい、って」

虎之助には常に頼りがいのある兄としての態度を取る彼の、不安を帯びた声。胸の痛みに耐えきれず、虎之助は学生服の上からぎゅっと心臓を押さえる。

「……あのね、龍一くん。私はもう三十七で」

「知ってます。僕よりたった十五歳年上ですね。年下にしか見えませんけど」

龍一の声に、少しだけからかうような調子が交じった。若々しい、というより幼い印象の亜希子は、ぶるぶると大きく首を振って龍一から距離を取る。

「わ、若く見てもらって嬉《うれ》しいけど、高校生の子供がいるおばちゃんなの。未来ある男の子にふさわしい相手じゃないし……それに、龍一くんはそんな子じゃないって分かってるけど、もう、男の人にだまされたくないっていうか……」

父とのことを思い出しているのだろう。虎之助は胸を押さえていた手で、父譲りの金茶色の髪をきつく握り締めた。

「知ってます。だましません」

きっぱりと、龍一が断言する。普段の穏やかな物腰に隠れた芯《しん》の強さ、かつて虎之助を救ってくれた強さと優しさが、まっすぐに亜希子を包み込むのを感じた。

「就職決まりましたんで、改めて言います。好きです、亜希子さん。あなたの夫になって、トラのお父さんになりたい」

この率直な告白を、うまく躱《かわ》せる人間は少ないだろう。まして童顔なだけでなく、看護師としての仕事ぶりが心配になるほどお人好しでどじな亜希子だ。本人曰《いわ》く、「仕事中はちゃんとしてる！」らしいが、少なくとも私生活はあまりちゃんとしていない。

案の定、夕陽のせいにできないぐらいにみるみる顔が赤くなっていく。錆《さび》の浮いた手摺《てす》りを握り締め、龍一以外のあらゆるものへと目を逸《そ》らしまくるうちに、バランスを崩した。

「わひゃあっ!!」

すっとんきょうな声を上げた亜希子がつんのめり、龍一がすばやく彼女を支える。彼の腕の中でさらに赤くなった亜希子は、慌てて腕を突っ張った。

「ご、ごめんなさ、あの、せ、洗濯物、取り込んでくるから!!」

言い訳になっていない言葉を並べ、亜希子が部屋のドアノブを掴《つか》む。緊張しているのか、かけていない鍵《かぎ》を開けようとしてがちゃがちゃやっている音を背に、虎之助は静かにアパートの階段を下りていった。

「……このまま、消えられたらいいのに」

誰《だれ》に言うでもなくつぶやいた瞬間、再び背中に背負った竹刀が一際重みを増した。


篠崎虎之助は、和美《なごみ》大学付属高校に通う高校二年生だ。

性格は地味で真面目《まじめ》で一本気、三年生が引退した現在剣道部の主将も務め、携帯を持ったのは高校生になってから。今時珍しいような古典的日本人だとよく言われる。

ただしその容姿は、イタリア人である父の血が色濃い。体格だけは母に似たのか少々小柄だが、さらさらとした金茶の髪、青みがかった灰色の瞳《ひとみ》、彫りの深い整った顔は詰め襟《えり》の学生服からひどく浮き上がって見える。
ましで稽古着《けいこ》を着て剣道場で竹刀を振っているとなると、なおさらだ。自覚はしている
が、不本意ながら目立つ姿のせいで、近所では結構顔を知られている。盛り場をふらふら
すれば母や龍一に迷惑をかける心配があるし、性格的に派手な場所は苦手だ。
幸い、亜希子も言っていたように今はテスト期間中。顧問の方針で成績が下がると大会
に出られない剣道部員たちは、真面目に勉学に励んでいるようだ。無人の剣道場で一人、
虎之助は無心に竹刀を振り続ける。
「はっ、はっ……」
規則的に短い息を吐きながら行う、終わりのない繰り返しが心を埋め立てることを願う。
醜《みにく》い欲望を上書きし、大切な人たちを傷つけないように。
けれど、どうしても、頭の隅で叫ぶ声が消えない。
俺の母さんを取らないで。
俺の龍一さんを取らないで。
「……お前のじゃない。二人も、元々お前のじゃない……！」
ぎりぎりと奥歯を噛《か》み締め、およそ誰にも見せたことがないような険しい形相で竹刀を
振るい続ける。踏み込む音、空気を裂く音、したたる汗が床に落ちる音以外、何も聞こえ

なくなるまで。

　だが今日は、その境地に至れなかった。

「余裕だな、さすがトラ。この時期に稽古なんて」

　突然名前を呼ばれた虎之助は、はっとして動きを止めた。学生服に身を包んだ大柄な男子生徒が、剣道場の戸口に立っている。

「吉良《きら》先輩……」

　板敷きの床を滑るようにしてやってくるのは、夏の大会で引退した前剣道部主将・三年生の吉良泰之《やすゆき》だ。学生服より稽古着が似合うがっしりとした体格の持ち主で、虎之助と違って古き良き日本人を彷彿《ほうふつ》とさせる容姿を持っている。

「三年生は、もうこられないかと」

　他意はなかった。思わぬ来訪者への驚きを素直に口に出しただけなのだが、泰之はかすかに苦笑した。

「迷惑だったか？　俺がきて」

「いえ、そういうわけじゃ！　ただ……受験勉強に忙しいかと、思って」

　虎之助も本来であれば、順位を落として母が嫌なことを言われないように、早々に帰宅しているはずなのだ。自分のことを棚上げしてありきたりの言い訳を並べれば、泰之は困ったように頭を掻《か》いた。

「そうだよな、お前と違って大してできがいいわけじゃないのに、気を遣わせて悪かった。……まして、俺と二人じゃ気まずいだろうに」

泰之のほうから先日のことを切り出されてしまうと、虎之助も口ごもるしかない。次の言葉を探して視線をさまよわせているうちに、泰之が小さく頭を下げた。

「この間は悪かった。変なこと言って」

「いえ、そんな先輩、頭を上げてください！」

慌てる虎之助の言うとおりに姿勢を戻した泰之は、漆黒の瞳でじっと虎之助を見つめる。この色を持って生まれたかったと、虎之助が願ってやまない瞳で。

「俺、別に気の迷いとかで告《こく》ったわけじゃないから」

「いえ、あの……嬉しかった、です」

「でも、気持ち悪かっただろ。男の俺に、そういうふうに思われてるなんて」

剣道馬鹿で豪放磊落《ごうほうらいらく》を絵に描いたような泰之にしては珍しい、気まずそうな声。彼のこういう声を聞くのは二回目だ。

一回目は十日前のこと。テスト期間が始まった直後、前主将として引き継ぎたいことがあると人気《ひとけ》のない剣道場に呼び出され、「好きだ」と告げられた。

「……気持ち悪いとかは、思わなかったです。俺も……好きな男の人が、いるから」

「……そうか。だから振られたんだな、俺」

頼りがいのある年上の男。そこは龍一とも共通する泰之だが、彼に対しては先輩への敬愛以上の気持ちを抱いたことがなかった。だからパニックに陥りながらも、その場で断ったのだ。

「……申し訳ありません」

「謝らなくていい。ただ俺が、気持ちを伝えたかっただけだから」

静かに首を振る泰之の表情はさっぱりしている。だからこそ居たたまれない。

「もしかしたら、俺に好きな男の人がいるっていう空気がにじみ出ていたから、先輩もその、引きずられてしまったのかもしれないですね」

「馬鹿、変な気を回すな。お前って本当に、見た目と違って……って言うのは失礼だが、誰よりも日本人だよな」

苦笑した泰之が、誠実な声で言う。

「そういうトラだから、好きになった。それだけの話だ。これからはお前の恋がうまくいくように、祈ってる」

「……ありがとうございます」

彼の誠意に見合うような恋ではない。分かっているが、泰之の気持ちを無下にしたくなくて、虎之助も真心を込めて頭を下げた。

泰之が去り、再び一人になった虎之助は、広い剣道場の真ん中に腰を下ろして深々とため息をついた。

気づけば窓の外はすっかり暗くなっている。学生鞄《かばん》に突っ込んだままの携帯が、何度かバイブレーションしていることにも気づいていた。亜希子と龍一、おそらく両方が心配して電話かメールを寄越しているのだろう。

これ以上ここでぐずぐずしていると、そのうち教師の誰かが見回りにきてしまう。近年何かと物騒なので、定時までに鍵を返しておかないと剣道場の使用に規制がかかる恐れがある。

「……分かってるんだけどな」

それでも、なかなか立ち上がる気になれない。

亜希子はそろそろ、夜勤に行ってくれただろうか。

龍一の真摯《しんし》な告白に、どう答えたのだろうか。

知りたい。知りたくない。

渦巻く身勝手な感情。こんな自分を想ってくれた泰之を袖《そで》にしても、不毛な恋を捨てられない。

「……消えたい」

叶《かな》うはずのない願いが、また口をついた。

母の胎内に宿った瞬間からずっと、自分は彼女の人生に負担をかけっぱなしなのだ。亜希子の幸せのためならなんでもすると誓ったのに、情けないにもほどがある。

亜希子に対する龍一の気持ちが、決して一方通行ではないことぐらい虎之助も理解している。

見た目も中身も幼く見られがちで、実際よく訪問販売などに押し切られそうになる母だが、恋だけは別だった。

看護師は夢を抱かれやすいらしく、通院患者に尾行されて困っている姿を見たこともあったが、少なくとも虎之助が知る限り付き合いに至った男はいない。「せっかく治した傷口を開きたくなければ、さっさと帰りなさい！」と、鞄を振り回して怒っている姿なら見たことがあるが。

『若い頃の苦い過ちを繰り返したくないし、私の恋人はトラだから！』

そう断言してきた亜希子は、明らかに年下の青年の情熱に揺れている。

虎之助がいなければ、二人はとっくの昔に。

「……消えたい」

不毛な恋を捨てられないなら、いっそ自分ごと消してしまいたい。

だが現実は、それほど甘くない。のろのろと身を起こした虎之助は、剣道場を出て部室に向かい、稽古着を脱いで学生服に着替えた。竹刀をケースに収め、いつものように背中に背負う。

亜希子の子であると同時に、ろくでなしの父の子である自覚まで一緒に肩にのしかかってくるようだ。イタリア人全体を悪く思うつもりはないし、母も軽率だったとは理解しているが、恋人の妊娠が発覚してすぐに逃げた男に愛情を抱けるはずがない。

そんな男の子供を、母は女手一つでここまで育ててくれたのに。

「……帰ろう」

堂々巡りする思考を断ち切るため、意図的に声を出す。

普段竹刀は置いて帰るのだが、これがあると「素振りしてくる」と家を出られるので便利なのだ。特に今日は、亜希子と龍一の仲がどうなっているのか分からない。

万が一、二人のおかしな場面に遭遇してしまった場合には、アパートの裏で素振りでもするしかないだろう。龍一に救われた、あの思い出の場所で。

「……消えたい」

虚《うつ》ろにつぶやきながらスニーカーに足を突っ込み、剣道場を出ようとした時だった。


「なら、消してやろう」


聞き覚えのある声がした。

「龍一さん?」

ぎょっとして立ち止まった虎之助の耳に、同じ声がもう一度響く。

「消してやろう。この世界から、お前の全てを」

聞き覚えのある声が発した、言うはずがない言葉。わけが分からず立ちすくんだ次の瞬間、突然視界が闇《やみ》に包まれた。

だがそれさえも一瞬のことに過ぎず、続けて極彩色の光の中に放り込まれる。

「……!?」

混乱したのは視覚だけではない。幼児の手でこねられる粘土のように、全身が、五感が無作為にもみくちゃにされる。

反射的に背負った竹刀を抜こうとしたが、反応したのは意識だけ。手足が動かないどころか、そもそも手足があるのかどうかさえ、分からないほどだった。

一体どうしたのか。何かの事故にでも巻き込まれたのか。

このまま、死ぬ、のか。

……助けて、母さん、龍一さん……!!

「消えたい」と繰り返していたことも忘れ、何度も二人の名前を絶叫したはずなのに、その声が自分の耳に聞こえない。これだけ叫べば喉《のど》も痛むだろうに、それすら判然としない。

このままではいずれ混乱している事実さえ感じ取れなくなり、気が狂ってしまうのではないか。空恐ろしい考えに取り憑《つ》かれた時、なんの前触れもなく感覚が元に戻った。

「……あ……、ぁ」

そろそろと声を出してみれば、ちゃんと発声できる。出した声も聞こえる。まだ震えている手には力が入りにくいが、緩い拳《こぶし》を作るぐらいはできた。

ただし元に戻ったのは、虎之助自身と足元に転がった竹刀だけだった。

「……ゆ、夢……?」

今呆然《ぼうぜん》と彼が座り込んでいるのは、装飾的な緋色《ひ》の柱に支えられた広い部屋の床だ。多少雑然としているが、幾何学的な模様が織り込まれた敷物やタペストリーが室内を鮮やかに彩りながら統一感を生み出している。

インテリアなどにまるで詳しくない虎之助は、近所の商店街にあるチェーンの中華料理店と雰囲気が近い、と最初に思った。ただし見た目だけなぞった中華料理店とは、調度品一つ一つの作りが段違いなのは歴然としている。かすかに漂う香も安っぽくなく、肌に染み込むように深い。

室内の風景だけ見れば、気の利いたホテルかテーマパークだと自分に言い訳できた。

しかし問題は大きく取られた四角い窓の外、目に痛いほどに鮮やかな夏の青空のさらに向こうだ。さっきまで冬も近い日の夜だったはずなのに、という驚きさえ吹き飛ぶような光景がそこには広がっていた。

たなびく雲を従えて、悠々と空を泳ぐ一対の白と黒。立ち上がり、まじまじと目を凝らしても消えないから幻覚ではないのだろう。

ＣＧとは桁違《けたちが》いの圧倒的な存在感。長い体をゆったりとくねらせながら、じゃれ合うように飛んでいくあれは、アニメなどでも人気のある……。

「……龍……？」

たてがみと輝く鱗《うろこ》に覆われた白と黒の長大なシルエットは、そうとしか言えない。邪悪な力の化身《けしん》として扱われることが多い西洋の竜ではなく、自然が神格化された東洋の龍だ。

「ほう、その程度の知識はあるのか」

聞き覚えのある声、聞き慣れない口調。

剣道場から出ようとした瞬間、突然耳元に聞こえたのと同じ。

「誰っ……」

ぎょっとして振り向いた虎之助は、背後に長身の人影を認めた。

これは確か、漢服《かんぷく》とかいうのか。黒地に鮮やかな青と金の糸で縫い取りされた、ドラマなどで見たことのある豪華絢爛《けんらん》な長衣を身にまとった男が虎之助を見下ろしている。ただし腰を留める帯も胸元もだらしなく緩んでいて、豪華な衣装であるだけに崩れた雰囲気が強かった。

およそ日常生活ではお目にかかったことのない服装だが、男の顔には見覚えがあった。ありすぎるぐらいに。

「龍一……さん？」

服装は違う。髪型も若干違う。どこか危うい雰囲気は正反対と言っていいぐらいだが、彼は確かに『龍一』だ。……恋をしているから、分かる。

でも、これは一体なんの冗談だろう。自分が剣道着を着ているとコスプレっぽいと笑われるのだが、今の龍一は本格的すぎて笑えない。おまけに向こうの窓の外では、今も龍が優雅に空を飛んでいるのだ。

体に残る違和感も吹き飛んだ。わけが分からず、龍一もどきの顔を見つめるしかできない虎之助を見下ろし、男がうめくように知らない名前を呼ぶ。

「……蘭節《らんせつ》……」

押し殺した苦い声には、愛憎が複雑に入り交じっていた。

「驚いたな……少し幼いが、本当に、そっくりだ」

そこで不意に、男の表情が変わった。切なげな翳《かげ》りが払拭《ふっしょく》され、乾いた傲慢《ごうまん》さが顔だけではなく全身から漂い始める。

「お前、名前は？」

「し、篠崎……虎之助です」

異常な状況と命令し慣れた口調に気圧《けお》され、虎之助は反射的にフルネームを名乗ってしまった。

「虎之助か。……龍に虎とは、よくできている」

先ほど『蘭節』と呼んだ時とは違い、虎之助の名を確かめる口調には嗜虐《しぎゃく》的な色がに

じんでいる。

『龍虎《りゅうこ》って、実力伯仲の英雄同士って意味なんだ。俺とトラで、亜希子さんを守ろうな！』

笑いながら、その実真面目に誓ったあの日の龍一とはまるで違うのに、声だけはそっくり同じだ。

「俺は辣《らつ》の元龍太子。姓は空《くう》、名は敖蒼《ごうそう》」

「……らつ？　りゅう、たい、し？」

初めて聞く単語を当然のように並べられても、理解が追いつかない。虎之助の知っている龍一なら聞けば教えてくれるだろうが、敖蒼と名乗る目の前の男はおよそ親切に説明してくれそうではない。

しかし、それは思い違いだったようだ。皮肉っぽい笑みを口元に刷《は》いた敖蒼は、聞くまでもなく説明をつけ加えてくれた。

「辣は偉大なるこの国の名だ。そして俺は、お前に分かりやすく言えば、この国の元王子」

「……元……？」

「そうだ」

お世辞《せじ》にも親切とは言い難い口調で、敖蒼は己と虎之助が置かれた立場について語る。

明らかに、虎之助の反応を楽しむために。

「お前と同じ顔をした部下のせいで、俺は廃嫡《はいちゃく》され、このような田舎《いなか》の離宮に幽閉《ゆうへい》されている。だからお前を呼び寄せた」

お前と同じ顔。廃嫡。幽閉。

重要な言葉が次々と発されるが、最後のひと言に虎之助は慄然《りつぜん》とした。

「呼び寄せた？　あなたが、俺を……？」

「そうだ。界渡門《かいともん》を開き、異界の人間を招き寄せるのは応龍《おうりゅう》だけに許された能力だからな」

界渡門。応龍。また知らない単語が出てきたが、もはや聞き返す気になれない。

「お、俺はつまり、日本から辣っていう国に呼び寄せられたって言いたいんですか……？」

混乱しながら、今すぐ確認したいことだけ拾って聞き返すと、敖蒼は少し忌々しそうな顔をした。

「……ふん、意外に冷静だな。やはり姿が似ると、他のところも似るのか」

龍一と同じ顔をして、そんなふうに嘲《あざけ》られたくなかった。むっとして何か言い返そうとした瞬間、敖蒼の口から最も聞き逃せない言葉が飛び出した。

「虎之助。辣へ渡ることにより、お前の存在は元いた世界から消された」

「……ひゃ?」

我知らず、亜希子のような間抜けな声を出してしまう。

「け、す? ただ……召喚《しょうかん》されただけじゃ、なくて?」

「ああ、そうだ。辣へ招かれたと同時に、お前の存在は元の世界から切り離された。親も友も恋人も、みなお前のことを忘れ……いや、最初からいなかったことになっている」

淡々と告げられた言葉には悪意が満ちていたが、嘘《うそ》の力みはなかった。空の向こうに消えていく龍の尾と相まって、荒唐無稽《こうとうむけい》なはずの言葉はすとんと虎之助の胸に納まった。

「なぜ間抜け面《づら》をする。これが、お前の望みだったのだろう?」

嘲笑《ちょうしょう》も耳に入らない。虎之助は呆然と、先ほどの敖蒼の言葉を頭の中で繰り返していた。

最初から、いなかった。

二十歳《はたち》そこそこの亜希子をだまして捨てた軟派なイタリア人の父親は、自分という面倒《めんどう》な種をこの世に残さなかった。

亜希子はシングルマザーとして世間の目に耐えながら、遮二無二働かなくてよかった。

龍一は、目立つ外見のために友人からは弾《はじ》かれ、教師にまで敵意を向けられる虎之助の世話をしなくてよかった。

惹《ひ》かれ合う二人の障害は年の差だけで、そんなものはきっと、障害の数に入らない。

「……よかった」

「よかった？」

敖蒼が濃い眉《まゆ》をひそめ、怪訝《けげん》な目をしておうむ返しにする。

「お前の存在は消されたのだぞ。ただの死とも違う、誰に悼《いた》まれることもなく、誰の記憶に残ることもなくだ」

「それでいいんです。俺は……消えたいと思っていたから」

大切な母と大好きな龍一を想う気持ちに嘘はないのに、二人それぞれへの嫉妬《しっと》を止められなかった。

いっそ泰之に流されてしまいたいなどと、真剣な彼の気持ちをないがしろにするようなことさえ考えた。

何度か家出を夢想したが、周囲を心配させるだけだ。独り立ちするためにはまとまった資金が必要だし、バイトは校則で禁止されている。第一、勘のいい龍一は自分のせいだと感じて心配するに違いない。

誰も傷つけずに全てを終わらせることなどできない。だからいっそ、近いうちに亜希子に話すつもりだった。

龍一さんの気持ちは自分も知っているから、遠慮せずに彼を受け入れてほしい。母さんが龍一さんに惹かれているのも分かっている、三人で家族になろう、と。

実際には並び立つ二人の姿を見るだけで胸が苦しくなり、剣道場で時間をつぶしてばかりだった臆病《おくびょう》者だ。龍一の告白が成功し、このまま彼と家族になれたとしても、嫉妬の炎で身を焦がす日々が続いただろう。

だが、もうその心配はない。

異世界の『龍一』。彼が、自分の悩みを解決してくれたのだ。

「敖蒼……様、が、俺の願いを叶えてくれたんですね。ありがとうございます」

日常生活で他人を様づけで呼んだ経験はないが、敖蒼に対してはためらいなくそう言えた。微笑《ほほえ》みも、自然に浮かぶ。

「俺と同じ顔をした人に、ひどいことをされたという話だったのに……やっぱりあなたは、龍一さんと似てる。表現の仕方は違うけど、本当は優しい人なんですね……」

心からの感謝を込めてつぶやいた途端、敖蒼の眉間《みけん》に深いしわが刻まれた。その険しい表情は、教師の独りよがりな理想論に翻弄《ほんろう》されて苦しんでいた自分を見つめる、あの時の龍一以上だ。

いや、彼は龍一であって龍一ではない。その証拠に、大きな手が伸びてきてぐっと襟首を摑まれた。

「えっ」

近接格闘ではないとはいえ、虎之助も一応武道経験者だ。体育では柔道も選択している。咄嗟《とっさ》に突っぱねようとしたが、相手はたった今心からの感謝を捧げた相手である。抵抗は中途半端になってしまい、接近を妨ぎきれず、唇が柔らかいものに覆われる。

派手な外見のせいで誤解されがちだが、龍一に報われぬ恋をし続けていた虎之助は誰かと付き合ったことはない。泰之を含め、実は男女問わず何度か告白されたことはあったが全て断ってきた。

それなのに、龍一と同じ顔をした男にいきなり初めての口づけを奪われた。

「な、……何を！」

厚い胸板に手をついて逃れようとしたが、無駄だった。腰と肩をがっちりと抱き込まれ、身動きできない。

「何を、とはご挨拶《あいさつ》だな。多少は心得があるようだが、素手で俺と争おうとはいい度胸だ」

あこがれの漆黒《しっこく》の瞳が、冷めた嘲笑に歪《ゆが》んでいる。

「優しい俺がなぜ、お前をここに呼び寄せたと思っている？」

難なく虎之助の抵抗を封じたまま、敖蒼が喉奥で笑った。密着した体は実戦で鍛えたと思《おぼ》しきみっちりとした筋肉で組み上がっており、高校の部活程度の腕前ではびくともしない。

龍一も穏やかな雰囲気とナチュラルな服装を好むために気づかれにくいが、平均よりかなり上背があり、腕っ節も強かったことを思い出した。我知らず赤らんだ頬《ほお》に頬をすり寄せるようにして、冷たい声が耳に流し込まれる。

「お前の願いなど俺が知るか。元の世界から心が離れている分、召喚しやすくはあったが……いずれにせよ、お前側の理由になど、頓着する気は始めからなかった。……蘭節が、俺の気持ちなど意に介さなかったように」

虎之助を射竦《いすく》める瞳の奥、揺れるほの暗い情熱。金茶の髪をすくう指先にまで病んだ熱を感じた。

「異世界の『蘭節』。お前は俺の慰み者になるために祖国での存在を消され、辣に召喚されたのだ」

龍一の中には絶対にない、少なくとも自分には向けられたことがない感情。

それを垣間《かいま》見た瞬間、異常な状況に自分が麻痺《まひ》していたことを理解した。のんきに感謝などしている場合か。

敖蒼は結果として虎之助の願いを叶えたかもしれないが、そこに龍一のような愛情はない。

虎之助が好きな龍一は、日本で生活しているからこそ生まれた存在だ。辣で廃嫡の憂き目に遭い、荒《すさ》んだ空気を発するに至った元龍太子ではない!!

「は、はな、せっ!!」

子供が駄々をこねるようなしぐさでめちゃくちゃに暴れたことが、多少なりとも敖蒼を驚かせたようだ。

どうにかその腕から逃れることに成功した虎之助は、すばやく床に伏せて竹刀を握った。切っ先を、ためらいながらも敖蒼に向かって突きつける。

俗に剣道三倍段などという。武器を持った敵に立ち向かった経験がない、平和慣れした日本人ならその格言は正しいのかもしれないが、敖蒼は微塵《みじん》も怯《ひる》まなかった。

「素手よりは賢明な判断だが、木剣で俺に立ち向かうとは……」

不敵に笑った敖蒼の体が燐光《りんこう》を帯びた。彼の姿に、海のように深い藍《あい》色の鱗を身にまとった巨大な龍が重なって見える。

己の目を疑う前に、青い雷光が虎之助を直撃した。

「うあっ……!?」

一瞬で全身の筋肉が硬直した。痺《しび》れた手から竹刀が落ち、虎之助自身も床に崩れる。

「無知とは哀《あわ》れなものだ。変化こそできないが、俺の龍性は完璧《かんぺき》に封じられているわけではない。海と雲と雨を操る存在相手に、正面から立ち向かうとは、本当に阿呆《あほう》だな」

小馬鹿にされても、雲を支配して生み出された雷の一撃は強烈だ。まったく動けない虎之助を、敖蒼が軽々と抱え上げた。そのまま大股《おおまた》に歩いて、藍色の上掛けが鮮やかな寝台の上に彼を投げ出す。

現代日本のものとは異なる、いやに高さのある枕《まくら》に頭をぶつけてしまった。全身が痺れているせいであまり痛いとは思わなかったが、体の上に敖蒼の影が落ちた時には心臓が縮み上がった。

「や、め」

わななく唇から漏れる声は、筋肉に力が入らないせいでため息に近い。

ある程度、手心を加えられてはいたのだろう。痺れは次第に解けてきているが、舌先や四肢など末端がまだ震えている。起き上がるどころか、まともにしゃべることもできない。

忙《せわ》しなく息を継ぐ虎之助の上に、無言で敖蒼がのしかかってくる。乾いた大きな手に髪や頬を触れられ、確かめるように撫《な》でられて背筋が冷たくなった。

「あ、なたは……、龍……?」

吐息とさほど変わらない声しか出ないと分かっていても、聞かずにはいられない。

龍太子。龍性。窓の外を飛んでいた二匹の龍。敖蒼に重なって見えた青い龍。雷を生み出す力。

間違いない。目の前のこの男は……龍。

「そうだ」

しかし低く肯定した敖蒼の表情が、恐怖とは別の感情を引き起こす。

「……目の色も同じだ。ああ、髪の色は、お前のほうが少し淡いか……」

先ほどまでのように、彼は皮肉や蔑《さげす》みを口にしはしなかった。だが痛みに満ちたその目が虎之助ではなく、『蘭節』を見ていることははっきり分かった。

そして、虎之助自身も。

敖蒼の愁《うれ》いを帯びた悲しげな目は、虎之助を見る時とは違う、ひそやかに亜希子を想う龍一に似ている。日本では得られなかったまなざしが、確かに自分に向けられている……。

「何を考えている」

突然、敖蒼の声が冷たくなった。襟首を掴まれ、歯がぶつかるような勢いで乱暴に口づけされる。慌てた拍子に薄く開いた唇から、厚い舌がねじ込まれた。

「……ん、んっ……！」

呼吸さえ危うくなるような口づけが、混乱した頭をさらにかき乱す。清潔な敷布《しきふ》の表面に爪《つめ》を立てるのがやっとで、満足に抵抗できない。

本気で息ができなくなり、ぐったりと力を抜いた虎之助から唇が離れた。

「初めてか」

涙目で見上げれば、こちらを見下ろすのは寒々とした嘲笑をたたえた漆黒の瞳。龍一とはまったく違う、だがどうしても胸を騒がせるその瞳から、目を逸らせない。

「言っておくが、逃げ出そうとしても無駄だぞ。先ほども言ったとおり、俺は一度は次代の龍王間違いなしと謳《うた》われながら、みじめに幽閉されている身だ」

自分のことさえも嘲る声、歪んだ表情。見れば見るほど彼は龍一ではない、分かっている。

分かっているが、だからこそ、奇妙な吸引力を感じてしまう。

「ただ蘭節と同じ顔をしているだけの、無力なお前を呼び寄せるところまでは、敖白《ごうはく》の阿呆を担いだ佞臣《ねいしん》どもも見逃してくれた。しかしこの離宮の敷地外へ逃げ出したが最後、お前は身元不確かな上に明らかに西非央《せいひおう》だ。あっという間に捕まって、殺されるだけだぞ」

敖白。西非央。またしても気になる単語が出てきたが、虎之助にとって大切なのはもっと他のことだった。

自分は元いた世界とは切り離され、敖蒼と共にこの離宮に閉じ込められた。

龍一と同じ顔をしたこの男は、自分を裏切った藺節の代わりに虎之助を慰み者にするという。

一瞬、敖蒼は本当に途轍《とてつ》もなく優しいのでは、と思った。

そしてそんなことを考えた自分を、心から恥じた。

「……冗談じゃ、ない……」

彼と同じ顔をした男に触れたいと、触れられたいと、思っていた。母さんの代わりでもいいなどと、昼メロもどきの台詞《せりふ》を何度頭の中で反芻《はんすう》したか分からない。

だが、たとえ虎之助がそんなことを口走ったとしても、龍一は「冗談でもそんなことを言うもんじゃない」と生真面目に諭《さと》すだろう。彼のそういうところに、自分は惹かれているのだ。

「異世界の人間だとしても、龍一さんは、俺にこんなことはしない……!!　俺を元の世界から消してくれたことには感謝します、だけど、こんなのは嫌だ。龍一さんと同じ顔をしたあなたに、こんなことはされたくない!!」

それは龍一に対する冒瀆《ぼうとく》だ。

そして、敖蒼にとってもいいことではない。

「あ、あなただって、本当に好きなのは蘭節っていう人なんでしょう？　いくら顔が同じだからって、身代わり、まして慰み者だなんて馬鹿なことを言うのはやめて、もっと前向き……、ッ!?」

青龍の幻影が、再び敖蒼に重なって見えた。強烈な稲妻《いなづま》の一撃が、皮膚をかすめて走る。

「ひっ……!?」

冬用の学生服だ。分厚く頑丈な生地があっという間に消し炭と化し、シャツと一緒に原型を失ってぼろぼろと転げ落ちた。

前髪が少し焼けてしまったのだろう。特有の嫌な臭いと、布地が焦げた臭いが入り交じって不快この上ない。

だが炭化した服も臭気も、敖蒼が軽く指先を振った動きに合わせて吹いた風がさらっていってしまう。残っているのは、詰め襟と袖口の一部だけだ。

「あ、あ……」

今の一撃は、敖蒼がほんの少し目測を誤っていれば虎之助の命を奪っただろう。死神の鎌《かま》が首筋をかすめていった衝撃が、指先を痙攣《けいれん》させているのが分かる。

「俺だって、たとえ異世界の人間だとしても、蘭節と同じ顔をしたお前にそのように拒まれるのは不愉快だ」

敖蒼の声も、死そのもののように冷たい。

しかしその顔も、声も、紛れもなく龍一と同質のものなのだ。

頭がぐらぐらする。自分が感じているのは恐怖なのか、他の何かなのかさえ、分からなくなっていく。

「気に入ったぞ、虎之助。お前が泣いて許しを請うまで、犯してやる」

虎之助の怯《おび》えに満足したのか、敖蒼が不敵に唇の端を吊《つ》り上げる。龍一なら決してしない表情に釘《くぎ》づけになっている間に、再び唇を重ねられた。

「……ん、んっ……」

喉の奥を突き刺すように差し込まれた舌が、無遠慮に口腔《こうこう》をかき乱す。息が苦しくなり、首を振って逃れようとしても、髪を摑んで引き戻されてしまって逃げられない。

怯えて喉奥に逃げた舌を強制的に引っ張り出され、ぬるぬると表面を擦《こす》り合わされる。

寒気と認めがたい快楽が、同時に背筋を痺れさせた。

「はっ、はぁ……」

主観では気が遠くなるような時間が過ぎていたが、実際は一分にも満たなかっただろう。

忙しなく息を吐きながら、ようやく虎之助は解放された。

もちろん本当に解放されたわけではなく、自分の上に馬乗りになった敖蒼の指先が、ズボンと下着を炭化させながら剝《は》いでいくのを呆然と待つことしかできない。下手に動くと本当に命取りになると、分かりきっているからだ。

「貧相な体だ」

身長は仕方がない。その分同年代と比べれば鍛えているほうだと思っていたのだが、敖蒼は虎之助の裸身を見るなり鼻で笑った。

反射的にむっとしたが、敖蒼がわずらわしそうに自身の帯を解き、派手な衣服を脱ぎ捨てたのが見えてささいな怒りも吹き飛んだ。

さらけ出されたのは、先ほど口づけされた時にも感じた分厚い筋肉で鎧《よろ》われた肉体だ。見た目だけの筋肉ではないのは、ずっしりとした存在感や薄い痕《あと》として残った細かな傷からも見て取れる。

自分とも、龍一とも明らかに違う体。修練と実戦で手に入れたものだろう。

これほどの能力を有していながら、敖蒼は廃嫡され、ここに閉じ込められているという。虎之助と同じ顔をした男の、せいで。

「初めてか」

まじまじと敖蒼の体を眺めていた虎之助は、突然の質問に現実に引き戻された。

「男と寝るのは初めてか、と聞いている」

「……あ、当たり前だ！」

顔を赤らめて叫び返したのに、敖蒼は嗜虐的な笑みを浮かべた。

「それはいい。蘭節のように、男を知った体もよかったが……俺がお前の、初めての男というわけだ」

冷たい指先が鎖骨に下りてきた。手触りを確かめるように、ゆっくりと指の腹で撫で回される。

抵抗を考えないわけではなかったが、何をどう考えても勝てる気がしない。中途半端に鍛えているがために、彼我の実力差が分かってしまう。

おまけにうつむいた敖蒼は、表情が見えない分、龍一を思い起こさせる。

「……ふ」

触れられているところから、ぞわぞわとした感触が広がっていく。最初は、気持ち悪いのとくすぐったいの中間でしかなかったそれは、指先が乳首に到達したところで鋭い性感に変わった。

「あ！　や、そ、そこ」

「初めてだというのに、もうここがいいのか？」

「だ、だって、そんな、触り方ッ」

親指と人差し指の腹で柔らかく包まれた乳頭を、こねるようにじっくりと転がされる。こちらの意図など一切汲《く》まず、強引に犯されるとばかり思っていた反動で思わず甘い声が出てしまったのだ。

「……これが好きなら」

敦蒼の声がくぐもった。胸から冷たい指の感触が消え、代わりにぬるりとした何かに包み込まれる。

「ひ……っ!?」

胸を口で吸われているのだと気づいた瞬間、虎之助は反射的に口元を押さえた。だが切ない息は殺しきれず、指の隙間《すきま》から切れ切れのあえぎが漏れてしまう。

「……はっ、や……あっ、ぁっ……!」

右胸をきつく吸われながら左胸を指先でいじられる。思わず彼の頭を押しのけようとすれば、素直に移動した頭が左胸に吸いつく。

「痛い!!」

いきなり、乳首に歯を立てられた。鮮烈な痛みに涙がにじんだが、噛まれた場所を優しく舌で舐《な》められると、苦痛さえ快楽に溶けていくようだ。

龍一ならきっと、こんなふうにはしない。そもそも、虎之助を抱きはしない。

だからこそ、感じてしまうのかもしれない。この男は龍一ではないという言い訳が、そこに用意されているから。

敖蒼も自分も最悪だ。失恋するはずだ。

「はぁ……」

たっぷりと胸をなぶられたあと、敖蒼が顔を上げた頃には虎之助は敷布にぐったりと四肢を投げ出していた。上気した顔を、散らばる金茶の髪を、歯を立てられて紅く色づいた乳首を、漆黒の瞳が観察しているのを感じる。

「感じるところも同じか」

大きな手が、胸からへそへと流れるように動いた。

「忌々しい」

憎しみを込めて吐き捨てた彼の手が、無遠慮に内股に入った。力任せに太股《ふともも》を広げられ、その中央ですでに固くなっているものを握り込まれる。

「やっ……!!」

胸とは比べ物にならないほど鋭い性感が、脱力した体を強張《こわば》らせる。敖蒼は虎之助の反応に構わず、分厚い手の平が摑んだものを上下に扱《しご》き始めた。

「あっ……、あっぁあっ、や、ぁ、ぁ……っ!!」

自慰の経験がないわけではないが、他人にされるのは初めてだ。人肌の感触が、気持ち悪くて気持ちいい。複雑な人間関係への葛藤《かっとう》も本能的な快楽に溶けていき、何も考えられなくなっていく。

あるいは無意識に、そう望んでいるからなのか。それともこの手を、龍一と重ねているから?

龍一を脳裏に描きながら自分を慰めたことを思い出し、改めて消えたいと思った。消えてよかったとも思った。

「……ふん。ここを触られるのも初めてか?」

加熱していく心と体に、嘲笑の冷水が浴びせられた。虎之助の痴態に当てられたのか、かすかに息を乱した敖蒼がかすれ声で笑う。

「そのくせ、そんな顔をしてあえぐとは。淫乱《いんらん》なところまで同じとは、本当に、忌々しい……」

突然、足首を掴まれた。達する寸前だった性器を放り出され、散々いじり回された胸に膝頭《ひざ》をつくようにして足を折り曲げられる。

羞恥心《しゅうち》を煽《あお》る体勢に抗議しようとしたが、敖蒼はすぐに足を押さえつけていた手を放した。だが、虎之助はみじめな体位のままだ。

「な、なんだ、これっ……や、嫌だ、こんな格好……!!」

暴れようとしても、足は見えない何かの力できつく拘束されたまま。きっとこれも、龍の力なのだろう。

怯えて強張る虎之助の様子を眺めながら、敖蒼は悠々と寝台の横に備えつけられていた机を探り、小さな壺《つぼ》を取り出す。

「嫌ならこれを使うのはやめるか？　お前が痛い思いをするだけだがな」

嫌味たっぷりにうそぶいた敖蒼の手元から、高貴な花の香りが広がった。そしてその香りは、冷たい粘液の感触と一緒に虎之助の下肢にとろとろと注がれる。

「ひゃ、つめたっ……!!」

急に肌を伝い落ちたものに驚き、虎之助は悲鳴を上げた。

もっとも声は出せても相変わらず足は固定されており、逃げることも敖蒼を蹴飛《けと》ばすこともできない。性器を伝い落ちるぬるぬるした感触が、平たい腹と尻の狭間《はざま》に分かれて肌を舐めていくおぞましさに震えるだけだ。

「おとなしくしていろ」

壺の中身を全て垂らし終えた敖蒼は、空の壺を机上に戻して虎之助の尻《しり》たぶに触れる。

「ひっ!?」

恐怖と不安ですっかり縮こまってしまった性器を無視した指先は、花の香りがついた香油をすくうと最奥の穴へと伸びていった。

「そんな、とこっ、あっ!!」

慌てても、指は止まらない。穴の周辺を数度くるくると撫でたあと、人差し指がいきなり深く中に入ってきた。

香油の作用か、指一本ぐらいなら痛みはなかった。だが体験したことのない異物感に、ぞくりと腰に痺れが走る。

おまけに敖蒼は、差し込んだ指で内壁をぐりぐりと刺激し始めた。

「やっ、い、いや、ぁっ」

知らず、鼻にかかった甘い声が出てしまう。驚いて口を塞《ふさ》ごうとした瞬間、両手が敷布に縫い止められた。足を固定しているのと同じ力だ。

声を殺すこともできないまま、二本目の指を受け入れさせられた。広げられた穴の縁にびりっと痛みが走り、異物感が増す。

「い、た……無理、や、めッ」

涙目で懇願しても、中に入った指はむしろ嬉々《きき》として、容赦なくばらばらに動き出した。

深く突き入り、そこかしこを撫でさする。

剝《む》き出しの粘膜を他人にいじられる感触は、ただただ気持ちが悪いとしか思えない。いっそ早く犯してほしい、終わらせてほしいと考えた矢先、いきなり巨大な快感がやってきた。

「ふあ⁉」

裏返った声に、顕著な反応の差違を聞き取ったようだ。にいっと笑った敖蒼の指の腹が、繰り返し同じところを狙《ねら》って撫でさすり始める。

「やはりここか」

確信を持って体の奥、前立腺《ぜんりつせん》の真裏を押しつぶすようにされるたび、目の前がちかちかする。甘えるような声を止められない。浅ましくも力を取り戻した性器の先が潤み、半透明の蜜《みつ》をにじませ始めている。

「あ、あ、いや、そこ、そこはぁ……」

蕩《とろ》けた表情を上から覗《のぞ》き込んで、敖蒼が薄暗く笑った。

「好き、だろう……？　蘭節」

自分と同じ顔をしているという、敖蒼の想い人。その名で呼ばれたことが、ほんの少しだけ火照《ほて》った肌を冷やした。

「もういいな」

指が抜かれる。代わって、ぬるりとした異物を尻の奥に押し当てられた。

「……っ!?」

何をされるかは分かっていた。知識は一応あった。しかし、さっきまでは執拗《しつよう》なほどに愛撫《あいぶ》されていたのに、突然こんなふうにされるとは思っていなかった。

「暴れると余計痛いぞ。おとなしくしていろ」

中空に浮いた足首を掴んだ敖蒼が、虎之助の上に身を乗り出してくる。

肉が裂ける感触がした。

「痛い……っ!!」

異物を排除しようと足掻《あが》く肉をかき分けて、太いものが侵入してくる。

「……っ、きつい。力を抜け……」

敖蒼にも痛みがあるらしい。苦しそうに命じられたものの、とても従えそうになかった。ある程度慣らされてはいるが、直前で熱を散らされたのがよくなかったのだろう。こうなったら感情はどうあれ、肉体は受け入れたほうが楽だと分かっているのに力を抜けない。

「う、ぐ……、う、ぅ……」

脂汗をにじませ、奥歯を噛み締めていたら、不意に小さなため息が聞こえた。

「初めてはいいものでもあるが、面倒でもあるな」

ふっと、四肢を戒めていた力が消えた。手が自由になり、足もぱたりと敷布の上に落ちる。

「えっ……、うわっ⁉」

突然の解放に呆《ほう》けていた虎之助だったが、敖蒼はいきなり彼の体を裏返した。高い枕に額を押しつけるような格好で、四つん這《ば》いにされる。

「そのままでいろ。この体位のほうが楽なはずだ」

耳元に、低い声が注がれた。

顔が見えないささやきは、まるで、龍一……。

ふっと肩の力が抜けたのに合わせて、腰を摑まれる。

「ああっ……⁉」

ずぐんと深く、奥まで貫かれた。

痛みは変わらず強い。しかし一息に受け入れさせられたために、兎《と》にも角にも敖蒼のものが出入りする道を中に作られてしまった。

にっと口角を引き上げた敖蒼は、虎之助の腰を摑み直し、強引に抜き差しを開始する。

「あぐ、ぁ、い、痛いぃ、嫌だ、や……‼」

叫びながら上体を支える指先に力を込め、敷布に爪を立てて耐えようとするが、虎之助を蝕《むしば》むのは苦痛だけではない。先ほど指の腹で執拗にくじられた部分を、敖蒼のものの切っ先がかすめた。

「……っ!!」

声を出せないほどの快楽が、全身を一瞬で支配する。決して痛みが引いたわけではないのだが、上から塗り重ねられる快感が強すぎて次第に感じなくなってきた。

「よいのだな。中が、俺のものに絡みついてくるようだ」

満足そうに笑う敖蒼の声。のぼせた耳には、どうしても龍一に言われているように聞こえてしまう。

「や……ぁ、ちが、違う……」

敖蒼の言葉を、己の妄想を否定するように、必死に首を振った。

もしかすると使われた香油に、痛覚を麻痺させたり快感を増大させるような作用があるのかもしれない。あるいは、龍の力とやらなのかもしれない。

感じすぎてしまっている理由を必死になって探す努力は、不意に性器を握り込まれたことで霧散した。

「あ、あっ!? さ、触っ、ちゃ」

「嘘を言うな。ここにも触れて欲しいのだろう？　蘭節」

暗く、甘い、敖蒼のささやき。

ぎくりとして振り返ろうとしたが、なぜか首が動かせない。手や足を拘束されている様子がないのに、顔だけ正面を向けて固定されてしまった。

きっとそのほうが、敖蒼にとって都合がいいからだ。

「俺に抱かれるのが好きか、蘭節」

香油と先走りが交じった粘着質な音に紛れ、敖蒼の呼びかけが聞こえる。

「俺が好きか。……好きだと言ったよな、何度も、こうして、この寝台で。あの男のことは忘れた、今は俺がお前の恋人だと」

性器を握った手に力がこもった。握りつぶす気かと青くなったが、そこまではされず、少し痛いぐらいの力で乱暴に扱かれる。

その間にも、敖蒼のものは深々と中をえぐっている。いつしか痛みなど完全に感じなくなっており、もはや譫言《うわごと》のようにあえぐしかできない。

「あっ、ぁ、や、嫌、あっ、あぁ」

せめてのように「嫌」と口に出してみるものの、鼻に抜けた声にはまったく説得力がなかった。そもそも敖蒼は、今や虎之助の言葉などまるで聞いている様子がなかった。

「こうしてよがりながら、腹の中で俺のことを馬鹿にしていたんだろう？　なあ、そうなんだろう、蘭節……！」

彼が口にするのは、記憶の中の想い人への恨み言だけだ。消せない恋を怒りに変えて、それをひたすら『蘭節』である自分にぶつけてくる。敖蒼にとっての虎之助は、ただの肉人形に過ぎないと思い知らせるように。

やはり彼は、優しい男なのかもしれなかった。

顔が固定され、振り向けないのは虎之助にも都合がいいことを、彼は分かっているのだろうか？

「ふぁ、あっ、あぁっ……!!」

不規則だった攻めが次第に一本調子な、切羽詰まったものに変わっていく。体内に収まった肉棒が厚みを増し、敖蒼も限界が近いことを教えていた。

「蘭節、蘭節……!!」

独りよがりに叫ぶ、想い人と同じ声。虎之助に聞かせるつもりのない声を聞きながら、静かに目を閉じ、口の中で小さく呼んだ。

「龍一、さ、ん」

意識して彼の名を口にした瞬間、全身を罪深いまでの快感が駆け抜けた。

「あ、あーっ……!!」

敖蒼は『蘭節』を犯している。

そして虎之助は、『龍二』に犯されている。

最悪で最高だ。やはり自分は、消えて正解だったのだ。

「……ぐ、蘭、節……」

受け取った快感を返すと言わんばかりに、虎之助の内部が敖蒼を締め上げる。それが最後の刺激になり、敖蒼がぶるっと大きく体を震わせた。

体の奥に敖蒼の、いや『龍二』の熱が吐き出されていく。

「……はぁ……、りゅ、いち、さ……」

それをうっとりと感じながら虎之助も絶頂を迎え、自らが汚した敷布の上にくなくなと崩れ落ちた。


小学五年生になって一ヶ月ほど経った、ある日の日曜日のことだったと記憶している。

虎之助は住んでいるおんぼろアパートの裏に、市販のブリーチ剤を握り締めて立っていた。

そこには古びた洗い場があり、錆《さ》びた蛇口からはちゃんと水が出ることは事前に確認している。元々老朽化したアパートの住人は少ない上に、休日の早朝であるため人気はまったくない。

亜希子は土曜日から泊まりがけで夜勤に出ており、明日の朝まで帰ってこない。「お肉も野菜も買ってきてるから、できるだけ作って食べてね？　トラ、私より上手なんだから」とすまなさそうに言いながら、いつものようにいくらかの現金を置いて慌ただしく出勤していったのだ。

だからやるなら、今がいい。

「……えいっ！」

勢いづけのかけ声をかけた時だった。

「虎之助くん!?」

アパートの表からひょいと顔を覗かせた少年に名を呼ばれ、虎之助は固まる。

「……い、飯田さん？」

先日アパートの隣に引っ越してきた、飯田龍一だ。近くにある和美大学附属高校に通っている学生だと聞いていている。

「あ、あの……こんにちは」

隣人とはいえ、龍一のことは名前と身分ぐらいしか知らない。目立つ容姿のために何かと声をかけられやすい虎之助は、母以外の大人に対する警戒心が強かった。

咄嗟にブリーチ剤を後ろ手に隠し、身構える虎之助の心中を察したのだろう。ハリウッド映画のように大袈裟《おおげさ》に両手を挙げて、龍一は敵意のなさを示す。

「この間、挨拶に行った時に君のお母さんが言ってたじゃないか。ほら、何かあったらよろしくって」

確かに先日、龍一は饅頭《まんじゅう》など片手に篠崎家に挨拶にきたのだ。「若いのにしっかりしてるわ」と喜んだ亜希子と、玄関先で楽しそうに話していたことを記憶している。

思い出すうちに、虎之助はちょっとむっとしてしまった。どじでお人好しの亜希子を守る騎士の立場に自分を位置づけていた息子としては、初対面の男が母と馴《な》れ馴れしく話すことが少々不愉快だったのだ。

しかしそんな虎之助に構わず近づいてきた龍一は、いきなり話題を変えた。

「そのメーカーの、俺も昔使ったことがあるよ。髪の色を変えたりするのに興味が出てくる年頃だろうけど、かなり強い薬だから、最初は別のにしたほうがいいんじゃないかな」

背に隠したブリーチ剤は、とっくにばれていたようだ。

まずそのことに驚き、一歩遅れて龍一の発言内容に驚いた。

「と……止めないんですか」

「お母さんと学校の先生の許可を取ってるなら、ただの隣人の俺がどうこう言える立場じゃないよ」

あっさりとした声が、虎之助の頬を引きつらせる。

日曜の早朝、わざわざ人気のないアパートの裏にきている段階で、少なくとも亜希子の許可を取っていないことはお見通しのようだ。

拙《つたな》い言い訳がいくつか頭の中を駆け巡ったが、どれも口から出す前に消えてしまった。

一見優しげな雰囲気の龍一は案外体格が良く、どこか逆らいがたいものを感じさせたからだ。

「せ、先生に……元に戻せって、言われたから」

「元に？」

「俺、元々、金髪なんです。その、ハーフで……」

不自然なほどに真っ黒な髪に触れながら、虎之助はぼそぼそとしゃべる。

「でも、目立って、嫌な思いすること多いから……染めてて。だけど今度の先生が、髪の色は自然なのが一番だから、元に戻してこいって……」

五年生になってからの担任は、「自然が一番」が口癖の三十代の女性だ。自然分娩《ぶんべん》で子供を産んだことが自慢で、何かと言うと若い保護者、特に虎之助の母のようなシングルマザーを馬鹿にする。

彼女が口にする言葉は正論で、生来生真面目な性格の虎之助には太刀打ちが難しい。

「いい先生だね、そこだけ聞くと」

龍一も、彼女の意見には一理あると思っている様子だ。

「でも、虎之助くん、納得してない顔をしてる」

ストレートな指摘に、また虎之助の頬が引きつった。

「元の髪の色が嫌い?」

「……嫌いです。父さんの色だから。それに、か、からかわれるし」

自分によく似た容姿と聞く父は、虎之助にとって憎悪の対象でしかない。

今よりさらにお人好しだった母をもてあそんで捨てた挙げ句、その腹に厄介な種をまいていった男。彼譲りの髪の色のせいで、目立ってしまうのも嫌で仕方がなかった。

手間も金もかかるのだから、好んで髪を染めたいとは思わない。だが持って生まれた金茶の髪はどうしても悪目立ちし過ぎて、いじめの対象になってしまうのだ。これ以上、亜希子に心配をかけたくない。

叶うなら目の前の龍一のような、漆黒の髪と瞳を持って生まれてきたかった。

思いが顔に出たのだろう。黒い瞳に柔らかい光を浮かべて、龍一は笑った。

「俺としては、君は金髪も似合うと思うよ。でも、確かに君の容姿で金髪だと、整いすぎていて目立ったり、からかったりするやつはいるだろうな、とは正直思う。君のお母さんは忙しくて、いつも君の側《そば》にいられるわけじゃなさそうだし」

少し考える間を置いてから、彼は何か思いついた顔をした。

「俺さ、実は教師を目指してるんだ。だから、君の学校の先生と、今度ちょっと話してみようかな」

突然すぎる展開に、虎之助は薄い色の目を見開いて慌てる。

「い、いいです！　そんな、迷惑」

「将来の参考にさせてほしいから、話を聞きたいってだけだよ。君の名前を出して、迷惑をかけたりはしないから安心して。だって俺、君のお母さんに、何かあったらよろしくって頼まれてるし」

確かにそうだが、そんなものは小学生にも分かる社交辞令だ。

「それにほら、俺たちお隣さんだし、そのうち君や君のお母さんにお世話になることもあるだろうから。男の一人暮らしだから、手料理とかあこがれるんだよね。よかったら今度、お裾分けしてほしいってお母さんに言っておいてくれるか？　いやあ、実は好みなんだよね、君のお母さん」

なんちゃって、と笑う龍一を、虎之助は呆然と見送ることしかできなかった。

残念ながら龍一の思惑は外れ、多忙な上に不器用な亜希子の手料理を味わうどころか、一人暮らしでどんどん料理の腕が上がった龍一がたびたび差し入れをすることになっていくのだが。


懐かしい指先が髪を撫でているのを感じる。だが壊れ物に触れるように優しい動きは、知っているものとは微妙に違う。

「!?」

びくりと身じろぎ、跳ね起きた瞬間、待っていたのは夢で見たのと同じ顔だった。

「……っ、目覚めたか」

すばやく右手を引っ込めた男の顔は、魂は、間違いなく古い記憶を辿《たど》る夢で見たのと同一のもの。

激しい動揺を抑えて周囲を見回すが、見えるのは長年暮らしたおんぼろアパートとはかけ離れた光景ばかり。

中華風の華麗な室内、窓の向こうには爽《さわ》やかな青空。龍の姿こそ見えないが、延々と広がる穏やかな草原は日本のものとはスケールが違う。

寝台の横、美麗な衣装に身を包んだ男の顔にだけははっきりと見覚えがあるが、皮肉な微笑みは記憶にはなかった。

「ご、そう、さま」

散々啼《な》かされたせいだろう。からからに干上がった喉から出た声は、ひどくかすれていた。

「ここは……辣？」

「まだ寝ぼけているのか。目が覚めたら、元に戻っているとでも思ったのか？」

嘲る敖蒼の声に、夢で聞いた龍一の声が重なって響く。思わず冷たい汗に濡《ぬ》れた前髪を引っ張って視界に入れると、金茶色の髪が朝の光に輝いていた。

龍一が実際、担任にどう話したのかはよく分からない。しかしアパートの裏庭で彼と話をしてから一週間ほどで、担任はぱったりと髪を元の色に戻せ、とは言わなくなった。

「自然が一番」という口癖も、一時期は口にしなくなった。

結局中学生になった時に、虎之助は思いきって髪を染めるのをやめた。大きな節目《ふしめ》の時期に合わせての変化のほうが、それこそ〝自然〟だろうと思えたからだ。

もちろん新しい担任にはハーフであること、金髪が元々の髪の色であることは亜希子と一緒に先に伝えておいた。幸い今度の担任は小学校の時のようなことはなく、「篠崎くんがいいと思うほうを選びなさい」と力づけてくれた。

それでもやはり、からかわれることは多かった。それ以上に思春期に入った少女たちからの熱っぽい視線に気まずい思いをすることが増えたが、生まれたままの姿でいるというささやかな誇りを手に入れることができた。

夢の名残《なごり》にぼんやりしていたところ、膝の上に衣服を投げ寄越された。

「着ろ。着たら食事を用意させる」

敖蒼が着ているものと似たような、緋色に金の花模様が描かれた美しい長衣だ。

服を渡されたことで、改めて状況を自覚する。目覚める前同様、敖蒼は少々着崩してはいるものの華美な衣装を身に着けており、自分は全裸。焦げた学生服の残骸《ざんがい》が、体のあちこちに少々引っかかっているだけである。

「うわっ……、!!」

焦って身じろぐと、体の奥にぬめりを感じた。息を詰め、もぞもぞと腰を浮かせると、敖蒼が放ったものが内壁を伝い落ちてくる。

「どうした？　……ああ」

真っ赤になって動かない虎之助に、敖蒼は意味ありげに微笑んだ。

「湯浴みを先にしたほうがよさそうだな」

「……っ」

こうなることは分かっているだろうに、わざとらしい態度が腹立たしい。

龍一なら絶対に、寝ている間に体を拭《ふ》いて、何か着せてくれているだろう。そこまで考えてから、唇を引き結んだ。

当たり前だ、この男は龍一ではない。

龍一ではないのに。

「どうしてそんなに、じろじろと俺を見る」

無意識に、敖蒼を凝視していたようだ。急いで目を逸らすと、思いがけないことを言われた。

「何度も俺を『龍一』と呼んだな。それがお前の世界にいる俺の名前か？」

全身の血が冷えた。舌を抜かれたように黙っている虎之助に、敖蒼は平然と告げる。

「世界が違っても、魂の波長が合う者は自然に寄り添い合うものだという。蘭節に似たお前の側には、当然俺に似た誰かがいたはず」

断言されて、鈍い痛みが胸に刺さる。

確かに側にはいた。

「……母の、恋人です。俺の……新しい父親になるはずだった人」

「なるほど」

ちょっと意外そうに目を見開いてから、敖蒼が喉の奥で笑った。

「ではお前は、義理の父親に抱かれたようなものか。道理で嫌がるわけだ。実に愉快だな」

絶対に龍一なら言わない言葉が、胸の痛みを皮肉に和らげる。

この男は敖蒼であり、彼が愛しているのも憎んでいるのも、『蘭節』であって虎之助ではない。

少し心が落ち着いたと同時に、気になっていたことが頭をもたげる。敖蒼の気分を害する可能性は高いが、そもそも不愉快な話を始めたのは彼だ。

「……俺も、聞いてもいいですか。蘭節さんが……どういう方だったのか」

案の定、敖蒼は眉をひそめた。いきなり伸びてきた指が、虎之助の前髪を摑んで引っ張る。

「いッ」

引き抜かれそうな痛みに顔を歪めるのにも構わず、敖蒼は書物でも諳《そら》んじるような調子で『蘭節』の話を始めた。

「蘭節は西非央と辣人の混血で、両方から差別を受けていたが、根気と地味な努力をかわれて軍で頭角を現し始めていた。次代の龍王の地位を巡って兄弟で争う羽目になり、人間不信に陥っていた俺は、勤勉な働きぶりとしがらみのなさが気に入ってあいつを側仕えにしたんだ」

また、西非央。それはなんですかと聞く暇もなく、説明は続く。

「陰日向《ひなた》なく働いてくれるあいつに、俺は次第に心を傾けていった。あいつも……最初こそ戸惑《とまど》い、他に相手がいるようなことを言っていたが、やがては俺を受け入れてくれた。……俺はそう信じていた」

声から温度が消えた。

「だがあいつは、弟が俺に差し向けた刺客だった。俺に近づき、信頼を積み上げ、俺が邪魔な弟の寝首を掻こうとしているとの証拠をでっち上げた。俺があいつを無理やり犯した、などという噂《うわさ》までばらまいてな。そして俺の幽閉に成功すると、本物の恋人と一緒に行方をくらました……」

「本物の恋人……？」

それは一体、誰だろう。先ほどの敖蒼の言葉によれば、蘭節の恋人もまた、虎之助に近しい人間ということになるのだろうか。

誰なのかと考えようとした刹那《せつな》、さらに強く前髪を引かれた。痛みから逃れようと無意識にあごを上げると、待ち構えていた敖蒼の唇に唇を塞がれる。

「……んっ」

噛みつくような口づけは、突然すぎて避けようとも思わなかった。

嘘だ。気が逸れていたので、一瞬完全に龍一と見間違えたからだ。

責める自分の声に目をつぶり、唇を割って入ってくる舌をおとなしく受け入れる。口腔の天井を舐められる感覚に身震いしながら、努めて肉体的な快楽だけに酔おうとする。

だいぶ息も上がってきた頃、ゆっくりと離れた敖蒼が摑んでいた髪を落としながら宣言した。

「だから俺は、お前の従順なふりには絶対にだまされない」

「そう……ですか」

ぱらぱらと額に落ちた前髪を避けようと、忙しなくまばたきしながら虎之助は相槌《あいづち》を打つ。どこかぼんやりとした反応を、敖蒼は用心深い目で見た。

「よほど俺が怖かったか、それともよかったのか？　昨日《きのう》と随分、態度が違う」

なるほど、あれから一日経ったわけだ。そういえば腹が減った、などと男子高校生らしいことを考えて、そのあまりに日常的な思考に笑ってしまう。

ここは異世界の辣という国で、今目の前にいる男は龍の化身なのだ。非日常極まりない現実の中でも腹は減るし、龍一への想いは消えていない。

だが、龍一と亜希子の前から自分は消えることができた。それを成し遂げたのは、敖蒼だ。

「……だって、見た目以外龍一さんと大違いのあなたに見限られたら、俺、殺されるんでしょう？　なら……抵抗できるわけがないですよね」

自分でも驚くほど平静に、虎之助は答えた。

予想外の反応だったようだ。一瞬目を見張った敖蒼が、凶悪な笑みを浮かべる。ああ、その笑い方、龍一とは全然似ていなくて嬉しい。

「……蘭節だって、そこまでふてぶてしく開き直りはしなかったぞ」

敖蒼もまた、虎之助と似たような心境にあるのだろうか。想い人と同じ顔をした少年の無神経さが、悪い意味でお気に召したようだ。

「もう少し、罪悪感を覚えるものかと思っていたが……お前の性根の腐り具合は、蘭節以上だ。おかげで俺も、心置きなくひどいことができる」

まだ袖も通していない衣服が宙を舞った。敖蒼が風を操り、与えた衣服を吹き飛ばしたのだ。

「服と食事はあとだ。いいな？」

容赦なく再び体を開かれ、最後には半ば失神してしまったらしい。夢も見ない眠りから目覚めると、窓の外から差し込む光はだいぶ西に傾いていた。

「人を貧相だなんて馬鹿にしておいて、ちょっとは、手加減ぐらいすれば……」

うめきながらも、太陽が沈む方向は同じなのだとなんとなく確認していると、ささやかな衣擦《きぬず》れの音が聞こえてきた。

「あっ」

四十代ぐらいだろうか。敖蒼と形は似た、だがずっと地味な色の衣装を身にまとった、背が低くて丸っこい中年の男性が部屋の入り口に立っている。いかにも温厚そうな雰囲気だが、彼は虎之助を見るなりぎょっとしたように目を見開いた。

虎之助も慌てて上掛けを体に巻きつけ、肌に散らばった赤い痕や噛み痕を隠した。敖蒼相手ならまだしも、第三者に男に抱かれた痕跡《こんせき》など見られたくない。

もっとも中年男性のほうは、それどころではなさそうだ。

「ら、蘭節様、戻ってきてくださったのですね!!」

驚きを満面の喜びに変え、彼は転がるように虎之助の側に駆け寄ってきた。胸の前で両手を組み合わせ、感極まった様子で深々と頭を下げる。

これは拱手《きょうしゅ》とかいうのだったか。同じ動作を返すべきか戸惑っているうちに、男が焦《じ》れたように名乗る。

「お忘れですか？　私です、敖蒼様の海老《えび》を拝命しております東陽《とうよう》です!!」

「え、海老？」

辣では当たり前の、何かの隠語なのだろうか。戸惑いつつも、いつの間にか敖蒼の姿は見えなくなっており、自分以外に状況説明をできる人間がいないことに気づく。このまま事態を放置していれば、もっと収拾がつかなくなるだろう。

「あの……違います。俺は……篠崎虎之助。敖蒼様の力で、その、ここに召喚されたらしいです」

果たしてこの説明で、分かってもらえるのだろうか。内心気恥ずかしさを堪《こら》えて言うと、東陽はぱっと表情を明るくした。

「なんと、あそこまで能力を制限されていながら、見事に界渡門を開けるとは！　さすが敖蒼様……!!」

ひとしきり敖蒼を持ち上げたかと思いきや、悄然《しょうぜん》とうなだれる。

「……そうか……そうですよね。蘭節様が、お戻りのはずが……」

東陽は蘭節のこと、そして彼と敖蒼との間に何があったかもよく知っている様子だ。

「申し訳ありません。異界の方がおいでであることは、敖蒼様から聞いておりましたのに……あの方も意地がお悪い。身の回りの世話をせよとだけしか、おっしゃらなかったのです」

「……そうですね。意地が悪い人みたいです」

限界まで足を開かれ、長時間揺さぶられたので股関節《こかんせつ》が軋《きし》むように痛い。学生服は残骸すらなくなって完全に全裸であるし、寄越してくれた服は床でくしゃくしゃ。辣に召喚されてから一体どれだけ経ったのか、空腹も限界だ。

「意地悪で……乱暴な、ひどい人」

龍一とはまったく違う。半ば自分に言い聞かせるようにつぶやく虎之助を、東陽が短い首を縮めて見上げる。

「あの、差し出がましいことを伺いますが……虎之助様は……その」

気遣わしげな視線がためらいがちに、上掛けに包《くる》まれた虎之助の全身を見やる。

「……俺は、蘭節という人の代わりだそうです」

本物の蘭節をよく知っているらしい東陽でさえ、彼と見間違えるような容姿だ。加えて寝台の惨状を見れば、敖蒼が自分をどう扱ったかは分かるだろう。

「そ、そうですか……それは……申し訳、ありません」

切なげに眉根を寄せた東陽が、消え入るような声で謝罪した。それを聞いて虎之助も、はっと我に返る。

「あっ、いえ、東陽さんが、その、俺に何かしたわけじゃないですし！　頭を上げてください、あなたは悪くない!!」

敖蒼に対する感情は複雑すぎるが、使用人と思しき東陽にはなんの恨みもない。そもそも使用人といえども、どう考えても年上の人間に頭を下げられるのは性分として落ち着かない。

「いいえ！　……私は……謝らなければなりません」

しかし、東陽はかたくなに床を見つめたままだ。小さく肩を震わせながら、虎之助を見ないで彼は言った。

「たとえ、身代わりでも……敖蒼様が感情をぶつけられる相手ができて良かったと、思っているのです……本当にあなた様には、ご迷惑なことだと思いますが……」

強張った声に透ける、主君に対する強い想い。

自分に対しては尊大で一方的な態度を取るばかりの敖蒼だが、東陽は彼が虎之助を召喚したことにさえ、喜びを感じずにはいられないらしい。

「とりあえず、湯浴みと着替えをなさるとよろしいでしょう。すぐに用意を」

気を取り直したように姿勢を戻した東陽の声に、くう、という物欲しげな音が重なる。

「わっ!!」

このタイミングで鳴った腹を押さえ、真っ赤になる虎之助を見て東陽は慈愛深く微笑んだ。

「先にお食事の用意をしたほうが良さそうですね。その……お疲れのようですから、粥《かゆ》のようなものにいたしましょうか。少々お待ちを……」

「す、すいません……」

身を縮めた虎之助は、床に落ちたままの衣服を拾い上げながらこわごわと聞いた。

「あの……敖蒼様は？」

「しばらく読書をされるとのことです。誰も近づけるな、と仰せつかっております」

「……そうですか」

東陽もいることだし、またいきなり戻ってきて抱かれるようなことはあるまい。それをどう思うべきなのか、表情の選択に困ってうつむく虎之助を横目に見てから、東陽はいったん室外に出て行った。

漢服ならぬ辣服と呼ぶらしい服の裾が、夕映えに輝く湖面を渡る風に揺れる。

粥と甘辛い鶏肉《とり》の煮物で空腹を満たした虎之助に、東陽は決してじろじろ見たりせず、慣れた手つきで鮮やかな衣装を着せてくれた。そして離宮の外に出て、裏手に広がる大きな湖へと案内してくれたのだ。もちろん、痛む体を庇《かば》ってゆっくりしか歩けない虎之助に合わせた速度で。

「銀鱗湖《ぎんりんこ》というのですよ」

美しい名前を、東陽が誇らしげに教えてくれる。

落日の陽を抱えた湖面が、夕方の風にゆらゆらと揺れる様は一幅の絵のようだ。卑小な人の身では気後れするような自然美に見惚《みと》れながら、虎之助は遠慮がちに尋ねた。

「あの、いいんですか、ここまで出てきても……敖蒼様は、閉じ込められているとのことですが」

「ええ、ですから、この敷地内からは出られません」

事もなげに、そして悔しげに東陽は言うが、正直あまり共感できない。

敖蒼は田舎の離宮の中に閉じ込められていると自らの境遇を嘆いたが、おんぼろアパート暮らしの身には考えられないほど敷地は広大で、軽く見回しても端が見えないほど広い。赤い柱に支えられた豪奢《ごうしゃ》な離宮は三階建ての立派な建物だし、海と間違えそうな面積を持つ湖まで含むとなると、およそ〝幽閉〟という雰囲気ではなかった。

「それにしても……ちょっと、湯浴みには、その、ここは広すぎないですか？」

やんわりと日本人らしい言い方をしたのがよくなかったのか、東陽には虎之助の困惑はあまり伝わらなかったようだ。

「龍に水場はつきものですからね。敖蒼様ほどの力を持つ龍が使うには、ここはむしろ狭すぎるぐらいです。さあ、どうぞ。湯の温度はすでに調整済みですので」

拱手した東陽が、片手で銀鱗湖を指し示す。気温は高くも低くもないが、さすがに湖の水を浴びたら寒いとためらっていた虎之助は驚いてしまった。

「温度の調整って……東陽さんが？」

「私も一応、海老の称号を得ている者でございますからね」

にこやかに、東陽がまた『海老』と口にした。戸惑いが顔に出たのか、優しく説明をつけ足してくれる。

「『海老』は、龍王家の皆様の身の回りのお世話をする者のことです。今でこそ地上に住居を構えていらっしゃいますが、元々龍王様は海を統べる御方。龍宮にてお側に侍《はべ》っていたのは海の者たちでしたので、一部の名称が残っているのでございます」

大臣を『亀《かめ》』とも言うなどですね、などと、どこか亀に似た東陽は丁寧に教えてくれる。

「そうなんですね。その、すいません、俺、何も分からなくて」

恐縮する虎之助に、東陽は緩く首を振った。

「いえ、蘭節様にも、同じようなことをお教えしましたので……」

「蘭節さんに？」

蘭節は辣の人間であり、敖蒼の側仕えだったと聞いた。なぜ説明が必要だったのだろうといぶかると、これにも東陽は答えてくれる。

「蘭節様は、西非央との混血でしたから……あまり辣の、特に龍王家の文化にはお詳しくなかったので」

「すいません、俺はその、西非央っていうのもよく分からないんですが……」

「ああ、これは重ねて失礼いたしました。辣以外の国の人間、特に髪や肌の色が明らかに辣人ではない人間を指し示す言葉なのです」

反射的に、虎之助は自分の髪を押さえてしまった。

そういえば、敖蒼も東陽も、髪と目は黒い。典型的な黄色人種的外見が、辣人の一般的な外見ということのようだ。ここでも自分は異邦人なのかと思うと、少し悲しくなる。

「異界の方にはあまり馴染《なじ》まない考え方かもしれませんが、この世界は辣を中心として栄えておりますので、他国の方にはどうしても冷たい態度になりがちなのです……申し訳ございません」

「……いえ、大丈夫です。見た目のせいで悪目立ちするのは、慣れてますから」

答えながら、おそらく蘭節も自分と同じような苦労をしていたのだろうと考える。敖蒼はむしろ、彼のその立場を好ましく感じていたようだが。

「虎之助様には、恋人がいらっしゃるのですか？」

唐突な質問に目を見開く。東陽が、ひどく真剣にこちらを見上げていた。

「……いえ……」

短い回答から、東陽は何かを察したらしい。

「……でも、想う方が、いらっしゃる」

「……ええ」

「そして、その方は……敖蒼様ではないのですね」

「……ええ、そうですね」

それ以上どう言えばいいのか。うつむいた虎之助を、東陽はすがるように見上げ続けている。

「あなたが元いた世界にも……敖蒼様と似た方が、いらっしゃいませんでしたか」

どういう答えを求められているかは分かった。

「いました」

だから、すぐにこうつけ足した。

「でも、その人は、母の……恋人、です」

「なるほど。では……その方を嫌っていらっしゃるわけでは、ないのですね」

無為な望みを持たれないように答えたつもりだったが、少々失敗したようである。

「あの人を嫌う人なんか、いませんよ」

龍一は篠崎家の人間だけではなく、誰にでも優しい。交友関係も広く、サークル仲間やバイト仲間と出かけたり飲みに行ったりもしょっちゅうだった。だが「大丈夫、単位は押さえてあるからさ」と笑って、虎之助ともよく遊んでくれた。

俺じゃなくて母さんと仲良くしたいんでしょ、と、その時はまだ名前を知らなかった痛みを堪えて聞いたことがある。答えは軽い拳骨《げんこつ》の痛みだった。馬鹿だな、トラは賢くて真面目で、一緒にいてとっても楽しい子だよ。

自分さえ余計な感情を持たなければ、彼と母とで温かな家族になれただろうに。

「敖蒼様のことを嫌う人間も、いませんでした。少なくとも、あの方があなたぐらいの歳《とし》までは」

　哀切を帯びた東陽のひと言に、虎之助は慎重な相槌を打つ。

「廃嫡されたとは、伺いました」

「……ええ。非常に、残念なことに」

　穏和な東陽の顔が、悔しさに歪んだ。ああ、この人はたぶん中学一年に「篠崎くんがいいと思うほうを選びなさい」と言ってくれた時の担任だと、不意に気づいた。

「敖蒼様は龍王四兄弟の長男であらせられ、龍としての卓越した能力にくわえ、剛胆な人格者として慕われておりました」

　次代の龍王の地位を巡って兄弟で争い、人間不信に陥っていたと敖蒼は語った。どうやら彼には三人も弟がいるらしい。

　自分にも兄弟がいれば、事情は違っていたのだろうか。埒《らち》もない考えを振り払い、黙って東陽の言葉に耳を傾ける。

「それを、あの羅貫《りかん》めが……人を疑うことを知らない敖白様をたぶらかし、蘭節様を使って……兄弟の争いに心を痛めていた敖蒼様を陥れたのです」

「あの、一つ伺いたいんですけど……その……辣では、男同士でその、そういう関係になるって……普通なんですか？」

相手が担任と同じ魂を持っていると意識したら、どうにも切り出しにくい話題だった。

だが東陽は、気にしたふうなく教えてくれる。

「辣人は魂魄《こんぱく》の相性を何よりも大切にします。特に龍王家の方々は一般人よりずっと強い魂をお持ちですから、たとえ魄《はく》の性別が同一であっても、魂の波長が合えば問題ありません。むしろ、同性で結ばれることのほうが多いかもしれないですね」

「魂魄……？」

また分からない単語が出てきて戸惑っていると、東陽は丁寧に教えてくれた。

「魂は心を、魄は体を支える気でございます。虎之助様は、魂魄の概念には馴染みの薄い世界からこられたのですね」

「……そうです、ね」

中華圏内の人間であれば話が違ったような気もするが、今大切なのはそこではあるまい。

「すいません、脱線してしまって。そして……敖白という方が……龍太子、になられたのですね。敖蒼様に代わって」

聞きかじりの単語を思い返しながら言うと、東陽は悲愴《ひそう》な顔でうなずいた。

「虎之助様、お願いです。あなたのお力で、敖蒼様を癒《いや》してくださいませんか」

予期していた言葉がその口から放たれた。虎之助は、困ったように首を振る。

「俺はただ、蘭節という方と同じ顔と、同じ魂を持っているらしいだけです。それに、俺があの方を癒すというより……」

真摯な瞳をまっすぐ見られず、虎之助は暗く翳った目を落日の光に輝く湖に向けた。

「癒されているのは、俺のほうかもしれません」

冷たい風が、二人の間を吹き抜けていく。

「あなたのほう……?」

思わぬ回答だったようだ。聞き返そうとした東陽が、突然驚いた表情をした。

「敖蒼様……!」

そして、地面に座り込んでこれ以上ないほど深く頭を下げる。

虎之助もはっと振り返ると、そこには辣服に身を包んだ黒髪の美丈夫が立っていた。

「東陽。俺は確かに異界人の世話をせよと言ったが、そいつに俺の世話を頼めと命じた覚えはないぞ」

敖蒼の表情はないに等しく、声も静かだったが、秘めた怒りが伝わってきた。折しも陽が完全に没しようとしているため、迫りくる闇の中に彼の姿は青い燐光を身にまとっているように見える。

龍性をほとんど封じられているという話だったのに、今の敖蒼は人よりも龍に近い威圧感を発していた。

「申し訳ありません、出過ぎた真似《まね》を……!!」

地面に額を擦りつけるようにしている東陽を見ていられず、虎之助は主従の間に割って入った。

「やめてください！　東陽さんは悪くない、あなたがきちんと話をしなかったから誤解されただけです!!」

のろりと瞳を動かした敖蒼は、冷たく虎之助を睥睨《へいげい》する。

「……ふん、やはり異界人は、龍の気に対する感度が鈍いようだな。それにしても、俺に癒されている、だと？」

疑心暗鬼の固まりのような声だった。そのくせ龍一と同じ響きを持つ声が、胸を締めつける。

「虎之助様、私にはお構いなく……」

「最初に言ったでしょう？　俺はあなたに、感謝してるって」

真っ青な顔色で慌てる東陽を押し留《とど》めながら、虎之助は必死に言った。

「シングル……ええと、俺の母は、昔ろくでもない男にだまされて、俺を産みました。そのせいで……せっかく母を誠実に想ってくれる人が現れたのに、彼の気持ちに応じられないでいた」

シングルマザー、という単語が通じるかどうか分からなかったので、言い直したところ、無事に伝わったようだ。

「それが龍一か」

「……そうです」

敖蒼が『龍一』と口にすると、落ち着かない気持ちになる。目を泳がせながらうなずいた虎之助から、敖蒼は視線を外さない。

「お前にとっての龍一は、本当にただの母親の恋人か?」

その一撃は、無形の衝撃となって虎之助を貫いた。なぜそれを、という言葉を危うく飲み込む。

「何を驚いている?　……あんなに切なそうな目で、俺を見ておいて。あれは、母親の恋人を見る目じゃない」

見えない雷に貫かれた状態にある虎之助を見て、敖蒼は酷薄に薄笑う。

「滑稽《こっけい》な話だ。蘭節そっくりのお前は、異世界の俺を想っているわけか。道理で」

「ご、敖蒼様……!」

青ざめた東陽が今度は敖蒼にすがろうとするが、敖蒼は忠臣をじろりと睨《にら》んだ。

途端にぴっと背筋を伸ばした東陽は、また地面に這いつくばるようにして頭を下げてから、足早にその場を去った。彼の目は明らかに虎之助へ未練を残していたが、敖蒼が放つ威圧に耐えきれなかったようだ。

少々心細い気持ちになった虎之助であるが、安堵《あんど》も大きかった。敖蒼が何を言い出すか、……何をしようとするか、大体予想がついたからだ。

「なら、俺に抱かれて嬉しいのか？　虎之助」

東陽以上に青ざめた虎之助のあごを取った敖蒼は、なぶるように顔を近づけてくる。

「嬉しいんだろう？　お前はこの顔が好きなんだ」

「……！　そんな、つもりは」

かっと熱を持った頰を隠そうにも、あごを摑まれているので動けない。

「とぼけても無駄だ。……蘭節とは違う態度だから、目立つんだ」

自分はよほど、物欲しそうな瞳でこの男を見ていたらしい。今すぐ消えてしまいたいほど恥ずかしいが、さすがに二回も同じ奇跡は起きまい。

仮にもう一度同じ奇跡が起きたとしても、龍一と同じ顔をした誰かに会えたとしても、結局彼は自分の想い人ではないのだ。この恋を成就させることはできないのだ。

本物の龍一と迎えられる最高のハッピーエンドは、せいぜい彼の息子止まり。優しくしてくれるだろうし、愛してもくれるだろうが、恋人として抱き合う未来は望めない。

ならばと、虎之助は腹をくくった。

「敖蒼様も、嬉しいんですか。この顔の人間を……抱けて」

焦点がぼやけるほど近くにある愛《いと》しい顔に向かって、ささやく。

「嬉しいさ」

答えはすぐに返ってきた。

「殺してやりたいほど嬉しい」

突然、鋭い痛みが生じた。敖蒼の手が虎之助の髪を掴み、強く引いたのだ。

頭皮が引きつれる激痛に耐えながら、虎之助もそっと彼の髪に手を伸ばす。龍一と同じ、ずっとあこがれていた自然な黒髪は少し固いが、いつしか夜空に輝き出した月の光を浴びて銀色に輝いて見えた。

「きれいな黒髪ですね。羨ましいな……」

子供の頃ならとにかく、成長して龍一への気持ちを自覚してからは、こんなふうに触れるなど恥ずかしくてできなかった。

だが、敖蒼になら、ためらいなく触れられる。彼は龍一ではないから。

切ない想いを込めて敖蒼の髪を撫でていると、頭皮を引っ張る力が消えた。ひどく苦い顔をした敖蒼が、同じように虎之助の髪を撫でながら耳元で低くうなる。

「辣の衣装を身に着けると……お前は本当に、蘭節にそっくりだ」

髪を滑り、うなじをかすめた指先が襟首に差し込まれる。その間にもう片方の手が、束陽がきちんと留めてくれた帯を解き始めた。

「湯浴みをしにきたのだろう？　俺も付き合ってやる」

芝居がかった台詞に、虎之助はぴくんと肩を跳ねさせた。しかし逃げ出そうとはせず、自分からそっと敖蒼の背に手を回す。身長差の関係で、彼の胸にすっぽり顔を埋める格好になった。

途端に敖蒼の動きが止まった。だが、衣服越しに伝わる心臓の音はひどく早くなっていく。

顕著な反応が少しおかしくて、悲しい。

気づけば自分の心臓も鼓動を早めている。龍一に似た体温に包まれて、彼に求められているような錯覚に打ち震えて。

「そんなに、蘭節さんのことが好きだったんですね」

どうでもいい相手に裏切られたところで、人はそれほど傷つかない。敖蒼の悲しみと怒りは、そのまま蘭節への恋情の深さの裏返しだ。

少し蘭節を羨ましく思うのは、一体どういう感情の作用なのか自分でもよく分からない。はっきりしているのは、敖蒼の機嫌を損ねるとまずいということだけ。

それだけだと、誰に聞かせるでもなく口の中でつぶやいてから、彼の胸に埋もれたまま尋ねた。

「俺、どうすればいいですか」

「……どう、とは？」

中途半端な姿勢で固まった敖蒼の声が耳元で響く。

「あなたのことは、『敖蒼様』とお呼びすればいいのですか。何か他に……蘭節さんだけの、特別な呼び方はありますか」

触れている体がかすかに身じろいだ。

「それとも、黙っ」

虎之助の声は途切れ、水音が跳ねた。

湖面の水が蔦《つた》のように伸びて、四肢と喉を締め上げている。

「何を企《たくら》んでいる」

きらきらと光る水の蔦に拘束された虎之助を、数歩後ろに下がった敖蒼は睨みつけた。

強い警戒を帯びた目は、まるで手負いの獣のようだ。

「お前は……お前も、敖白が寄越した刺客なのか?」

辣に召喚された直後、手ひどく犯されたのは昨日の話なのだ。受け入れるのが早すぎて、かえって疑われたらしい。それもそうだと、虎之助は心の中で苦く笑った。

「違います。俺はあなたが連れてきたのですから、そんなはずがないでしょう?」

答えさせるためか、水の蔦は声を出せるぎりぎりまで緩められているものの、言葉を発するたびに喉にひたひたと冷たい感触が当たる。敖蒼が本気なら、今ごろ五体を引きちぎられているだろう。

でも、そうしないこともなんとなく分かる。

自分は異世界の『蘭節』なのだから。

「第一俺が逃げようとしたら、あなたは龍の力で、俺を簡単に殺すことができるんですよね」

「……無論だ」

水の蔦を振り払えたとしても、雷の一撃を逃れられるとは思えない。昨日は目に見えない力での拘束も経験している。この大きさの湖を必要とするような龍に、ただの人間でしかない身で立ち向かえるはずがない。

「なら、あなたの機嫌を取っておきたい。それに……あなたが言うとおり、俺はたぶん、龍一さんと同じで、違うあなたに抱かれて、嬉しいんだ」

俺はもしかしたら、いろいろなショックで頭がおかしくなっているのかもしれないと思いながら、虎之助は甘い笑みを浮かべてつぶやいた。

実際に嬉しいと思っているのは、少なくともそれほど嫌ではないと感じているのは事実。龍一と同じ魂を持つ男に求められ、執着されるのは悪い気分ではない。たとえ彼が追いかけているのが『蘭節』に過ぎないとしても。

虎之助のあっけらかんとした肯定に、敖蒼は少しの間気圧されたように目を見開いていた。ややあって、それを払拭するように殊更に凶悪な笑みを浮かべる。

「ならお前も、俺を『龍一』と呼ぶか？」

いたぶることだけが目的の発言は、彼の狙いどおりに心臓に刺さった。

しかし、痛みに心が血を流しても、絶命することはない。自分にとっての敖蒼も、しょせんは『龍一』の代わりに過ぎないのだから。

実にお似合いの二人だ。ここで完結していれば、互いの大切な人は傷つけずにすむ。

「あなたが、許してくださるなら」

幸せに似た何かのために淡く微笑みながらうなずけば、敖蒼はわずかにためらってから突き放した。

「……今はだめだ」

言葉だけでなく、体も文字どおり突き放される。水の蔦がたわんだかと思うと、勢いをつけて月明かりに輝く湖面に投げ出された。

「うわっ！」

東陽が温めてくれた水は絶妙な温度を維持しているが、突然のことに衝撃は強く、浅瀬に投げ出された虎之助は砂地に尻餅《しりもち》をついて目を白黒させた。間抜けな格好を見て低く笑った敖蒼が、自らの帯を解き始める。

「お前も自分で脱げ」

光沢のある青い生地でできた帯を解き、美しい辣服を岸辺に放り投げる。一糸まとわぬ姿になって湖に入ってきた敖蒼を見て、虎之助は慌てて立ち上がり、彼が半端に解いていた帯を緩めた。

しかし、生地が濡れているせいでなかなか脱げない。亜希子のように焦ってもたもたしていると、敖蒼がため息をつく。

「服を脱ぐこともできんのか」

「す、すいません……勝手が違って」

借り物の衣装を水に濡らしただけでも申し訳ないのに、破りでもしたら困る。敖蒼も東陽も気にしないとは思うが、虎之助は気にする。敖蒼が無造作に放り投げた服もきちんと畳みたいぐらいなのだ。

「……まあ、でも、俺の学生服なんか焼かれちゃったしな……」

ぶつぶつ言いながら虎之助が脱いだ服は、畳む前に焦れた敖蒼に奪い取られてしまった。岸辺に放り投げられた衣服を思わず目で追っていたところ、強引な腕にぐいっと引き寄せられて我に返る。

「お前から口づけを」

至近距離に、龍一と同じ顔。

引き寄せられるようにその肩に手を置いて、伸び上がって唇を重ねた。

少しかさついた唇に、自分のそれを必死で押しつける。力の入れ加減が分からず、時々かちかちと歯を当てながらの、ぎこちない口づけ。

「下手だな……」

しみじみとした感想に、若干傷ついた。敖蒼の前から男を知っていた蘭節と比べないでほしいが、身代わりとして召喚されたのだから仕方がない。

「……すいません、もうちょっと練習します」

「いい。俺が教える」

それほど落胆したようでもなく、首を振った敖蒼が顔を寄せてくる。

「お前には、俺が全て教える」

恋人がいる蘭節にはできなかったことを、虎之助にしたいのだろう。その気持ちは分かったので、虎之助は素直に目を閉じた。

まぶたの裏に、龍一の顔が浮かぶ。いつも飄々《ひょうひょう》としているくせに、時が経つにつれ、亜希子の話題が出ると態度がぎこちなくなり始めた龍一。

自分が消えたあとの世界で、彼と亜希子もこんなことをしているのだろうか。

そんなことを考えている間に口づけが始まった。

「っ、は……」

本気で教えようとしているのか、唇は昨日に比べてひどく丁寧に触れてきた。様子を窺うように舌先でつつかれ、応じて唇を開けば口腔に舌が滑り込んでくる。

「……っ、ぁ、あ……」

昨日の口づけは呼吸困難になりそうな記憶がほとんどだったが、今夜のそれはひたすらに甘い。

たぶん、蘭節にはこうしていたのだ。

きっと龍一も、亜希子にこうしている。

甘い接触が胸焼けに近くなってきたところで、敖蒼の手が裸の背に触れた。つっと背筋を辿る指に戦慄《せんりつ》を覚え、反射的に目の前の体にすがると、含み笑いをした敖蒼の手はさらに下に下りていく。

「ヒッ」

尻たぶをかき分けた指が、昨日散々痛めつけられた部位に触れた。男を拒むようにぴったり閉じている入り口を、なだめるように指で撫でられてから、つぷりと人差し指の先を沈められる。

「う……」

穴の縁がぴりぴりするが、痛みはそれほどではない。その理由は、すぐに敖蒼にも分かったようだ。

「まだ残っているのか。東陽に処理をさせなかったのか？」

昨日自分が散々吐き出したものの残滓《ざんし》をゆるゆるとかき回しながら、彼が尋ねてくる。

「さ、させないですよ、そんなこと……！」

ひどい状態を見かねて、着替えの際に大雑把《おおざっぱ》に体を拭《ぬぐ》ってはくれた東陽だが、あまり触れないように気遣ってくれていることはよく分かった。湖に移動するまでの応急処置だと思っていたのだろう。

「蘭節も、させていなかった」

　ぽつりと敖蒼がつぶやいた。

「あいつは元々身分が低かったので、人を使うのに不慣れだった。東陽に世話を焼かれることを、ずっと申し訳ながっていたな」

　敖蒼の側仕えとなる前の蘭節は、差別を受ける身分だったのだ。彼からすれば海老の大役を与えられた東陽は雲の上の人物であり、そんな相手に身の回りの世話、特に恥ずかしい処理を頼むなど考えつかなかったに違いない。

　親近感を覚えている虎之助とは裏腹に、敖蒼の独白はひどく冷たい。

「きっとあれも、あいつの手だったんだろう」

　反射的に、虎之助は反論した。

「いえ……そうではないと、思います」

　すぐに後悔を感じたがもう遅い。敖蒼の目が鈍く光り始めている。

「では、俺を好きだと言ったそれだけが、嘘だったというわけか」

「……それも……きっと、違うのではないかと」

　虎之助の目に映る敖蒼は、八つ当たりのような理由で自分を辣に召喚して犯したどうしようもない男でしかない。東陽の忠義を考えると、昔は本当に立派な龍太子だったのかもしれないが。

しかし蘭節への消せない想いは、何度もこの体で思い知った。あれだけの情熱をぶつけられて、まったく感情が動かないということはないのではないか。

「一番ではないかも、しれませ……んっ!!」

「もう黙れ」

人差し指と中指が二本、第二関節あたりまで挿入された。圧迫感と裂けそうな痛みに息を詰めれば、荒々しく吐き捨てられる。

「それぐらい、お前に言われなくても分かっている」

苦い顔には覚えがあった。鏡の中に、何度か見た覚えがあるからだ。

龍一だって、間違いなく虎之助のことを好きだと思う。愛してくれていると思う。ただ、恋人にはなれない。口づけもその先もないし、きっと考えたこともないだろう。それだけの話だ。

「……そう、です、よね……はっ、あぁ」

話は終わったとばかりに、敖蒼は相槌も返さず愛撫に集中し始める。ぬ、ずちゅ、という淫《みだ》らな音がひっきりなしに響き、異物感が次第に消えていく。

「だいぶ慣れてきたな」

「は……、あ……」

だんだん立っていられなくなってきた虎之助は、その場にずるずると崩れ落ちた。敖蒼はそれに任せて少年を浅瀬に座らせ、大きく両足を開かせる。

「……っ」

すっかり屹立《きつりつ》したものと、その下の穴に這う視線が熱い。思わず目を背けたが、敖蒼のものも自分と同じようになっているのが視界の端をかすめ、余計下腹と顔が熱くなる。

「どうしてほしい」

意地悪く尋ねられて、少し考えた。

どうしてほしいかなんて、分かりきっているはずだ。しかし、どういうふうに伝えるべきなのだろう。

困っていると、敖蒼が口ごもっている理由を察したようだ。

「蘭節のように答えようと思っているのか?」

「……それは、まあ。だって俺は、そのために……」

一応気を遣っているのだと告げようとしたら、敖蒼は冷ややかに鼻を鳴らす。

「そういうことは、もう少し勉強してから言うものだ。だから、……お前のまま、素直に答えろ」

小馬鹿にしたような言い方をするくせに、どこか少し、その声は優しい。

時々からかうような物言いをするが、根本の優しさを常に感じる龍一とは違った。だからなのか、妙に気恥ずかしかった。

「も……」

震えが不安定な上体を支える腕に伝わり、温かな水がさざ波立つ。

「もう少し、指で、慣らして……それから……あなたのを、入れてください……」

波音に紛れそうな声で訴えると、敖蒼が驚いたように目を見開く。

「……飲み込みが早い奴だ。本当に、淫乱なところまでそっくりだな……」

何やらぶつぶつ言ったあと、大きな手が水中に沈んだ内股を撫でてきた。

ぬるりとした感触に驚き、反射的に足を閉じようとしたが動けない。水の蔦がいつの間にか、両足首を絡め取っていた。

「こうしてほしいと言ったのはお前だろう？　おとなしくしていろ……、蘭節」

彼の想い人の名前と同時に、求めていたぬくもりが入ってくる。水中ということで一層滑りがよくなったせいか、揃《そろ》えた指を二本、いきなり根元まで差し込まれてもほとんど痛みは感じなかった。

左手を性器に添えられ、ゆるゆると扱かれればますます痛みも遠くなっていく。目の前の男が誰で、自分が誰の代わりにされているかさえ、曖昧《あいまい》になる。

慣らしてほしい、と頼んだせいか、その指はあえて快楽のつぼを外して動いていた。丹念に口を広げる動きに合わせ、ちゃぷちゃぷと可愛《かわい》い波音がするのが逆にいやらしい。

「あっ……、あっ」

あえぎながら見回せば、頭上にはプラネタリウムでしか見られないような満天の夜空。澄んだ空気の中にくっきりと浮かんだ満月が、信じられないほど明るく自分たちを照らしている。その下で銀盤のように輝く湖は、まるで一枚の磨かれた鏡だ。

その中に座り込み、足は未知の力に押さえつけられ、岸辺には見慣れぬ異国の装束が脱ぎ捨てられている。自分を愛撫する男の顔だけはどうしようもなく見覚えがあるが、しているることを合わせれば分かる。これは紛れもなく、彼とは違う人なのだと。

不意に、笑い出したい衝動を感じた。ああ、ここは生まれ育った場所ではないのだ、もう戻れないのだという思いが心を冷やし、体を熱くさせる。

「ん……っ、焦らさないで、くださ……」

足は動かせないが、そこ以外は自由だ。虎之助は自ら軽く腰を揺すり、中で蠢《うごめ》く敖蒼の指に感じやすい部分を擦りつけた。

「こら、勝手なことをするな。お前が慣らしてほしいと言うから……」

口では咎《とが》められたが、指先は虎之助のほしいところに的確に当たり始めた。少々機嫌を損ねたらしく、柔らかなふくらみをぐにぐにと押しつぶすような乱暴さに背筋が痺れる。

「……はっ、そこ、触られる……っ、と、すごく、響いて……、あっ、あぁっ！」

軽く達してしまった。鈴口からとろとろと先走りを垂らしながら仰《の》け反ったところ、手の平が滑って後ろに倒れ込みそうになる。

水面で背中を打つ寸前、敖蒼がすばやく肩を摑んで止めてくれた。激しく胸を上下させながら見上げれば、虎之助が暴れた拍子に飛んだ水が彼の前髪を濡らしている。

「あ……、ごめんなさい」

顔に垂れてきた雫《しずく》を拭おうとしたら、その手を摑んで引き寄せられた。何かを堪えているような黒い瞳があっという間にぼやけ、唇に唇がぶつかってくる。

「はっ、んぅ……」

闇雲な口づけは拙くさえあったが、かえって体が昂《たか》ぶるのを感じた。行き場をなくした彼の気持ちを、そのまま形にしたようで。

「もういいな」

余裕のない口づけの狭間でつぶやくと、敖蒼は虎之助の腰を抱えて自分の膝の上に持ち上げた。

足首に絡んだ蔦は解かれているようだ。代わりに、一定の温度に保たれた水とは比べ物にならないほど熱いものが、尻の奥に押し当てられる。

「まっ」

「待てない」

急なことに驚いてつい「待って」と言いそうになったが、それすら言わせてもらえなかった。問答無用で敖蒼のものの上に、下ろされる。

「うあっ……!!」

昨夜のほうがよほどひどい扱いを受けたせいか、体を開かれる痛みにはある程度慣れていた。とはいえ、最も太い部分に狭い口を押し広げられる衝撃には、まだまだ慣れられそうにない。

「っ……、ん……っ」

自重によって一気に突き刺さったものに耐えるため、ぎゅっと敖蒼の背を抱き締める。しかし休ませてはもらえず、彼の両手が虎之助の両足をすくい上げるようにして持ち上げた。

「あぁ、あっ……!!」

半分水中にいるせいか、貧相と笑われても仕方がないと思えるほど鍛えているせいか、軽々と視線の高さを変えられる。敖蒼のつむじが見えたと思ったら、目が合うほどの距離まで落とされた。

「んん、ふ、ひ、あ、あっ……!!」

迂闊《うかつ》に口を開くと舌を噛みそうだ。激しく上下に揺すぶられ、支えを求めて伸ばした手を摑まれて、指先に軽く歯を立てられた。

ちりりとしたかすかな痛みを舌先がなぞったかと思えば、耳に染み込んだ声音で命じられる。

「声を出せ」

ぶわっと全身総毛立ち、深く受け入れた男を強く意識した。敖蒼に慣れ始めた肉壁が彼を締め上げ、締めつけるのが分かる。

「く……ふ」

「……っ、誰が締めろと言った……っ」

二人固く抱き合った姿勢で、しばし快感を堪える。どうにか先に立ち直った敖蒼が、再び虎之助を上下に揺すり出した。

「あっ、ひ、あ、や、あぁっ!!」

声を出せ、という命令を無意味に感じるほど、強烈な突き上げを受けるたびに勝手に嬌《きょう》声《せい》が漏れてしまう。降るような星空の下にいながら、目の前に星が飛ぶのを感じた。

「感じている時の声も、同じだな……」

がくがくと揺さぶられる虎之助の蕩けた表情を見上げ、敖蒼がつぶやく。なんとはなしにそちらを見下ろせば、敖蒼が目を閉じるのが見えた。

「……蘭節」

どこか苦しそうにも聞こえる声が一瞬、ぐずぐずに爛《ただ》れた頭に北風を吹き込んだ。

だが、すぐにそれでいいのだと思い直す。蘭節の名を呼ぶ彼は敖蒼であり、龍一ではない。だからこそなんの遠慮もなしに、この熱に溺《おぼ》れられるのだ。

「あっ、ああ、いい、いいっ、ああ、あっ……!!」

「蘭節、蘭節……!!」

自分で出せと命じた声を塗りつぶすように、目を閉じた敖蒼は何度も何度も、かつての恋人の名を叫ぶ。

虎之助も龍一さん、と呼んでやろうかと思ったが、先ほど「今はだめだ」と拒絶されたことを思い出した。だから自分も目を閉じて、心で叫ぶ。

龍一さん。

さよなら、ごめんなさい、龍一さん。

あなたに会えたから、俺は自分の頭で考えて一番正しいと思う道を歩むことができた。なのに恩を仇《あだ》で返してしまった。「お父さん」としてあなたを愛することができなくて、本当に本当にごめんなさい。

全部が希望どおりとはいかなかったけど、一番の望みは叶いました。もう迷惑はかけません。どうか、母さんと幸せに。

「あっ、ああ、あっ、あーっ……!!」

どうせ敖蒼は目を閉じているし、快楽のために流すものに紛れてしまうだろう。感じるままに声を張り上げながら、虎之助は青灰色の瞳からとめどなく涙をあふれさせた。

辣へきてからおおよそ十日ほどは、あっという間に経った。

ちなみに、おおよそというのは辣が現代日本ほど時間の概念に細かくないのと、敖蒼の気まぐれで抱かれる身ではしばしば昼夜の観念が失われるからである。

「おはようございます、虎之助様」

「おはよう、東陽さん」

自室として与えられた部屋に入ってきた東陽に向かって、すっかり馴染んだしぐさで拱手を交わす。最初はいまいち勝手が分からなかったが、今ではだいぶ様になってきた。本日は腰が痛くて、あまり頭を下げられなかったが。

「ああ、またご自分で着替えられて……」

辣服の着脱にも慣れて、今では東陽が来る前に身支度を整えることができる。飲み込みが良すぎます、と東陽は若干不満げだ。

「すいません、やっぱり人に着せてもらうのって落ち着かないし。それに蘭節さんも、人に着せられるのは苦手だったんでしょう?」

「……ええ、まあ」

湖での情事を思い出しながら聞くと、東陽は少し気まずそうな顔をしながらうなずいた。

十日前と違って、彼が明らかに蘭節の話題を避けていることは感じている。気の毒に思うが、敖蒼の地雷を踏まないためにはある程度蘭節の情報が必要であり、それを提供してくれるのは東陽しかいないのだ。

「蘭節さんって、生きてるんですか?」

しばらく聞こうか聞くまいか、迷っていた質問をぶつけると、東陽はさらに気まずそうな顔になった。

「……分かりません。辣を離れたという噂もありますが……」

「そうですか。敖蒼様には、蘭節さんを殺せないでしょうしね」

「……ええ、それは……敖蒼様は幽閉の身ですし」

なぜか言い訳めいた言い方をする東陽に、首を振ってみせる。

「力があったとしても、きっと無理だったんじゃないでしょうか。あの方は、本当に蘭節さんのことが好きだから」

この十日、『蘭節』と呼ばれながら何度も繰り返し抱かれた。辣服に覆われた素肌には、敖蒼の執着と未練の痕が刻み込まれている。たとえ体がつらくても一人で着替えているのは、それを東陽に見せないようにするためもあった。

もう、自分が恥ずかしいという理由ではない。東陽が悲しむからだ。

「虎之助様……」

東陽の丸い目に涙がにじむ。拱手どころか土下座でも始めそうな雰囲気を察し、虎之助は優しく微笑んだ。

「大丈夫です、東陽さん。俺、結構、敖蒼様とうまくやれてると思います」

敖蒼の触れ方は安定せず、優しい時と乱暴な時の差が激しい。昨日なども窓の外を見ていたかと思えば急に機嫌を悪くして、壁に手をつかされ散々後ろから犯された。

虎之助としては、体はつらいが心はそのほうが楽だ。敖蒼の行為が龍一とかけ離れればかけ離れるほど、彼は違う男だと安心できる。龍一を穢《けが》しているような罪悪感に囚《とら》われずにすむ。

だから安心してほしいと、心から思った。しかし敖蒼以上に性根が腐っている自分の歪んだ幸福を、人のいい東陽が理解するのは難しかったようだ。

「……先日は、申し訳ありませんでした。虎之助様のお気持ちも知らず、勝手なことばかりをっ……!!」

東陽は謝る機会を窺っていたらしいが、一瞬意味が分からなかった。

「な、なんのことです?」

「虎之助様は……敖蒼様と同じ魂を持つ方を、愛しておられたのでしょう……?」

初めて銀鱗湖に案内された時、敖蒼に龍一への想いを呆気《あっけ》なく見抜かれた時のことを言いたいのだ。思い出すと虎之助も少し恥ずかしくなったが、もう過去のこと。

龍一とは二度と会うことはない。たとえ会ったとしても、元いた世界から消された虎之助のことは忘れているはず。

「ええ。でも、だからこそ俺は、敖蒼様に感謝しています」

偽りのない感謝を込めて、虎之助は笑った。

「だって元の世界にいたら、龍一さんは俺を絶対抱いてくれなかったから」

これが選びうる最高の幸せ。

恋人とどこかに逃げた蘭節が、敖蒼のところに戻ることはあるまい。……きっと敖蒼も、彼に戻ってほしいとは思っていまい。

だから、これでいいのだ。

「虎之助様……」

ぐすっと鼻を鳴らした東陽が、丸い目を袖口で擦る。

「お食事の用意をいたします！　私がいたしますから!!　虎之助様はそこに!!」

どうしても東陽に世話を焼かれることに慣れない虎之助を先回りして制すと、東陽は華美な押し車に乗せた食事を運んできた。仕方がないのでおとなしく給仕されながら、虎之助は恒例の質問をする。

「ところで今日は、敖蒼様はどちらですか？」

「……いつもと同じです。図書室にいらっしゃいます」

たっぷり汁気を含んだ小籠包《ショウロンポウ》を差し出しつつ、東陽が申し訳なさそうに教えてくれた。

「敖蒼様は、本当に本がお好きなんですね」

龍一と同じように。

「俺に来るな、とは言われていましたか？」

「……いいえ」

「じゃあ、点心《テンシン》をいただいたら、俺も図書室に行きますね」

小籠包から立ちのぼる芳香に微笑みを浮かべて虎之助は答えた。イタリア人の容姿を持つ日本人である自分が中華風の食事をしている光景はひどく滑稽だ、と他人事のように考えながら。

「虎之助様、ご無理は……！」

どこか虚ろな笑みに東陽は危機感を覚えた様子だが、虎之助は大丈夫です、と彼こそを労《いたわ》るように笑った。

「言ったでしょう？　俺は、俺の好きな人と同じ魂を持った人に抱かれて、嬉しいんです。すごく、癒されています」

触り心地のいい絹の下、敖蒼の指と舌が這った痕を無意識に己の指先でなぞる。すると東陽は、堪えきれなくなったようにくしゃっと顔を歪めた。

「双子は元々、同じ魂を二つに分けた存在だと言われております！」

「……え？」

いきなり飛躍した話に虎之助は思わず動きを止めるが、東陽の勢いは止まらない。

「ですがその双子でさえ、別々の魄を得れば別の性質を持つ。まして生きた世界が違えば……同質の魂であっても、差違があるのは当たり前です。それぐらいのことは、海老でしかない私にも分かります」

だんだん言いたいことが分かってきた。かすかにうつむく虎之助だが、背が低い東陽は下から覗き込むようにしてくるので逃げられない。もしかすると東陽は、中学の担任ではなくて亜希子と近い魂を持っているのかもしれないと、ふと考えた。

「あなたがお好きな方は、あなたの世界で生まれ、育ったからこそ……虎之助様が恋慕される方になったのでしょう?」

当たり前だ、龍一と敖蒼などを一緒にしてもらっては困る。『蘭節』である自分に対し、彼がどんなことをしているのか見せてやりたいぐらいだ。

一瞬込み上げた汚い感情が、ふと揺らぐ。

東陽がかわいそうだと思ったからではない。憎しみを込めて『蘭節』と呼びかけ続ける敖蒼が、時にやるせなく想い人の名を口にする際の声の弱さを思い出したからだった。

自分の反応に戸惑っている虎之助に、東陽は切々と訴えた。

「あなたと蘭節様は、確かに同一の魂の持ち主です。ご自身にはどうにもできない差別に苦しみ、それゆえに培われた、まっすぐで清らかな心……骨肉の争いに傷ついていた敖蒼様が、救いを求められたのも無理はありません」

「……まっすぐで清らかな心？」

思いがけない言葉に、ささやかな戸惑いも吹き飛んでしまう。

とんでもない。母と龍一の両方に醜い嫉妬をしていた自分の、どこがまっすぐで清らかなものか。

とはいえ、蘭節も恋人がいる身で敖蒼をたぶらかし、あそこまで執着させておいて捨てたのだから大したものではある。身代わりの自覚があるから言わないが、たまにいいかげん蘭節のことなど忘れたらどうかと、口に出しかけてしまうぐらいだ。

でもそんなことをしたら、敖蒼は龍一と同じ声で言うだろう。お前こそ、さっさと龍一のことなど忘れろと。

「……俺と敖蒼様は似た者同士のあぶれ者。選ばれなかった同士が、傷の舐め合いをしているだけです」

東陽の表情が曇った。それを見たくなくて、少し冷めかけた小籠包を口に含む。虎之助の味覚に合わせてくれたらしく、ほんのり醤油の風味がしてとてもおいしい。

「敖蒼様だって、いずれ虚《むな》しくなるでしょう。それに、あの方はそろそろ、俺に……」

まだ昨日の疲れは残っている。部活の疲労であれば、旺盛《おうせい》な食欲を発揮するところだ。だが今の虎之助には、小籠包の器を空にするのがやっとだった。

「……すいません。あまり遅くなると、敖蒼様、機嫌を悪くするんです。ごちそうさまでした。残りは置いておいてください、また昼にいただきます。いろいろ伺いたいこともありますし」

「とんでもない、作り直します！　せめて、おいしいものぐらいは食べていただかないと……!!　辣料理は絶品揃いですよ!!」

それぐらいはさせてほしい、と東陽は必死だ。彼の料理をたっぷり味わってきた虎之助は、なるほど魂が近くても差が出るものだと思いながら、亜希子が焦がした卵焼きの味を思い出していた。


結局昼食も作ってもらうことになった虎之助は、一人で離宮の廊下を歩いていた。外に面した部分は腰から下しか壁がなく、等間隔で並んだ赤い柱の間から気持ちのいい風が吹いてくる。

辣にも日本ほどはっきりしていないが四季があり、夏と冬が長くて春と秋は短いことも聞いている。現在は夏が終わりかけているのだそうで、見上げれば澄んだ青空がどこまでも広がっていた。今日もいい天気だ。

「海老って、相当に優秀じゃないとなれないんだろうな……」

　辣の季節についても教えてくれた東陽のことを考えながら、虎之助は風に青灰色の瞳を細めた。

　広すぎる離宮内には東陽以外の使用人はいないので、あたりはしんと静まり返っている。最初はもう少し人数がいたらしいが、荒んでしまった敖蒼の逆鱗《げきりん》に触れて一人去り二人去り、最後には幼い頃から尽くしてきた海老しか残らなかったそうだ。働き者の東陽にとっては、主《あるじ》と自分の衣食住の面倒を見るだけという生活は退屈過ぎるぐらいらしいが。

　海老、という語感に惑わされてしまうが、要するに執事というところだろう。もっとこの国のことを聞かなければならない、と思いながら歩いていると、空の向こうに最も辣らしいものを見つけた。

「……龍……」

　辣に初めてきた時見たのと同じ、白い龍と黒い龍だ。あの時と同じく、互いの体を絡めるようにして優雅な空の散歩を楽しんでいるように見える。

　龍たちの体が巨大すぎて距離感が掴みにくいが、この離宮は敖蒼の龍性を封じているという。おそらくあの龍たちも影響を受けないように、広大な離宮の敷地の外を飛んでいるはず。

にも拘《かか》わらず、美しい青空とたなびく雲を一瞬でただの背景に変えてしまうような、凄《すさ》まじい存在感を放っていた。異世界である辣への召喚を現実として許容できたのも、最初にこの龍たちを目撃するという洗礼を受けたからである。

「敖蒼様も、あんな」

「呼んだか」

黒龍に釘づけになっていた虎之助は、まさか返事があるとは思わずに本気で飛び退いてしまった。愕然《がくぜん》としている彼を、敖蒼は面白《おもしろ》くなさそうに見ている。

「と、図書室にいらっしゃるのでは？」

「……どこかの誰かがくるのが遅く、飽きたので、散歩している」

まずい、声がもう不機嫌だ。敖蒼が不機嫌だと心は楽だが、体はまだ昨日の無体に悲鳴を上げている。少なくとも今のところは、あまり機嫌を損ねたくない。

「あの……敖蒼様の龍性も、あれぐらいの大きさなんですか？」

咄嗟に無難な話題を探せず、ぽろりと口から出た言葉に青くなる。ますますまずい、龍性を封じられている彼に振るべき話題ではない。

案の定、敖蒼はもっと表情を険しくした。ただしその理由は、虎之助の予想とは少々異なった。

「東陽から聞いていないのか？」

「すいません、そうですね、裏の銀鱗湖では小さいぐらいだって」

早口に話を終わらせようとしたら、敖蒼が冷ややかな目で高空にてじゃれ合う龍たちを見据えた。

「あれは俺の弟だ。白いのが敖白。黒いのが双子の弟の敖黒《ごうこく》」

「あの龍が⁉」

ぎょっとして聞き返すと、敖蒼が心底馬鹿にした様子で嘆いてみせる。

「あれほどの龍気を放つ龍が、王家以外の者のはずがないだろう。まったく、異界人は本当に龍気に鈍い……」

彼の冷笑は、次いで龍太子の座を争ったという弟たちに向けられた。

「それにしても、相変わらず供もろくにつけずに、あのように姿をさらして……人はいいがふわふわした、あの頼りない敖白の阿呆に、龍王など務まるものか。近頃は、西非央どもの勢力も強くなっているというのに……」

苦々しい声に交じる、聞き覚えのあるフレーズが気になる。

「……母さん？」

「なんだ」

「あ、いえ、なんでも」

まさか敖白は、亜希子と同質の魂を持っているのだろうか。そしてその敖白と敖蒼が争った結果、現在があるのか。

東陽が口にした、魂魄についての言葉がふと思い出された。やはり世界が、生まれが、立場が違えば、人と人との関係も大きく変わってくるのだろう。

そんなことを考えながらじっと龍たちの散歩を見つめていると、一際不機嫌な敖蒼の声が聞こえた。

「そんなにあいつらを見ていたいなら、いつまでもそこにいればいい」

そのまま踵《きびす》を返す敖蒼を、虎之助ははっとして追いかける。

「すいません、そういうつもりでは」

「お前、龍なら誰でもいいわけではないだろうな。言っておくが、敖黒と敖白は双子なので顔は似ているが、俺と……『龍一』とは、そこまではないぞ。一応兄弟だから、似ていなくはないが」

何か誤解が生じているようだ。これ以上不機嫌にさせるとあとが恐ろしいので、虎之助は必死に否定した。

「違います。近い雰囲気は感じましたけど、やっぱり俺にはあなたです！」

亜希子の説明をすると、話がややこしくなるだろう。その思いが先に立って、なんだか少し、変な言い方になってしまった。

「あ、いや……だって、お、俺には分かります。『龍一』さんと同じ魂を持っているのは、あなた……」

毒気を抜かれたのか、一瞬絶句した敖蒼が小さく鼻を慣らす。

「……いつまでぼさっとしている。行くぞ」

「あ、は、はい」

虎之助がついてくるのが当たり前だと思っているのだろう、振り返りもしない背を慌てて追いかけた。白黒の龍たちに背を向けて。

たとえ敖白が亜希子と同質の魂を持っていたとしても、彼らが敖蒼をここへ幽閉しているのだ。その無聊《ぶりょう》を慰める役目しかない自分と顔を合わせることもあるまい。

敖蒼と敖白の仲が良くないことに、内心安堵した自分の醜さにもこれ以上直面せずにすむ。

長い廊下を歩いて辿り着いた図書室は、冊子や巻物などが整然と並べられた静謐《せいひつ》な空間だ。紙が傷むのを防ぐために窓には竹を編んで作られた日除けが張り巡らされているが、隙間からは涼しい風が吹き込んでくる。

背後の虎之助の存在など忘れてしまったかのように、敖蒼は中央の長卓の上に開かれたままの冊子の前に座った。これを読んでいる途中で出てきたらしい。

本日はどうしたものかと思いながら、虎之助はとりあえずその右隣に腰かける。風が、敖蒼の黒髪を撫でながら行き過ぎていく。髪の艶《つや》はこの人のほうがいいかもしれない、と思いながら、その手元に広げられた書物へ視線を落とした。

内容は現在虎之助たちがいる、この離宮を含んだ藍東州《あいとうしゅう》についての細々とした記録だった。特殊な術がかけられていて、遠方にいる記録者がしたためた文字が毎日定期的に浮かび上がるようになっているそうだ。本というよりは報告書の類《たぐい》だろう。

「界渡門を潜《くぐ》った異界人が、辣の言葉で会話ができるだけでなく、文字まで読めるというのは本当なのだな」

虎之助の視線に気づいた敖蒼に問われ、距離の近さに内心どぎまぎしながら答える。先ほど妙な言い方をしてしまったことが、若干響いているようだ。

「ああ、まあ、読めるっていうか……意味は分かります。理由は分かりませんが」

召喚当日から会話に不自由はなかったのであまり自覚していなかったものの、漢字に似ているが微妙に違う辣の文字を難なく読み下せることに、最初は正直驚いた。ただし意味が分かるだけなので、自分で文章を書くことはできない。

「だが、これは見て面白いものでもあるまい？」

「ええ……まあ。固有名詞が、まったく分からないので……」

『辣』や『藍東州』ぐらいならまだしも、どこそこの郷の役人である某《なにがし》などになると、正直ただの文字の羅列だ。

「敖蒼様は、面白いんですか？」

「たまに面白いことも書いてあるが、基本的には別に面白くない」

淡々と事実だけを記した内容は、敖蒼にとっても無味乾燥なものであるらしい。

「……なんで読んでるんですか？」

「他の本を読み尽くして、新しく読める文章がこれしかないからだ」

本当につまらなさそうに言った敖蒼を、思わず追及してしまう。

「いや、別に、他のことをすればいいじゃないですか」

「……他のこと？」

「……あ、そうか、すいません、無神経でした」

彼は廃嫡され、ここに封じられているのだ。娯楽の類も禁止されているのだろう、と解釈したが、答えは違った。

「龍になって見回りをすることもできんし、東陽相手では武術の稽古も難しい。他にすることなどあるか」

禁じられているわけではなく、単にすること、したいことが思いつかない様子だ。

「……蘭節が去り、龍王の座を諦《あきら》めたら、あまりにもすることがなくて驚いた」

ふう、と小さく息を吐いて、敖蒼が書物を閉じた。

「それで……ここの本を……全部？」

術がかかっているような本は一部だけで、他の本は作りなどに見慣れない部分はあるものの、ごく一般的なものだ。ただしなんでも広大に作るのが辣の性質なのか、この図書室も高校の教室三つ分ほどの広さがある。敖蒼一人が使うにはもったいない、とつい庶民感覚で考えてしまった。

しかし、この広い空間に収められた本を彼は全部読んでいるのか。

『大学図書館の本を読み尽くすのが、俺の目標なんだ』

そう言って笑った龍一の声に、なんでもないような敖蒼の声が重なる。

「俺がここに幽閉されてから、もう何百年も経つからな」

「えっ……」

不意打ちの衝撃に、虎之助は大きく目を見開いた。

ここに東陽と二人、無聊を慰める趣味もろくにないまま、何百年も？

「冗談だ」

あっさりと、敖蒼は手の平を返した。

「龍は確かに長寿だが、俺が幽閉されてからまだ二年ほどだ」

そして、まだ衝撃から冷めない虎之助を逆に意外そうに見やる。

「やけに驚くな。いつもは俺が何をしても、あまり驚きもせず受け入れるのに」

「いえ、あなたが冗談を言うとは思わなかったので……」

なじられたり、からかわれたりすることには慣れていたのだが、気安い冗談など覚えがなかったので驚いたのだ。龍一は確かに、意外にお茶目なところがあったが。

「……悪かったな」

敖蒼も無自覚だったようだ。刹那、気まずい沈黙が風と共に流れる。どうにも今日は、二人揃って調子がおかしい。

「……そうだな。お前の存在にも、気づけばだいぶ馴染んだ。だからつい……」

迷うような声が、虎之助に据えられた瞬間苦いものに変わった。

「当たり前だな……お前は『蘭節』なのだから」

指先が伸びてきた。金茶の髪をさらりと撫でられる、その優しい感触に、切ないまなざしに動きが止まる。

「あいつも、龍のことを何も知らなかった。俺が教えた。その教えた知識によって、あいつは俺の隙をつき、俺を陥れたんだ……」

あくまで優しい動きとは裏腹に、憎しみを己に言い聞かせるような声が胸に響く。そうしなければ耐えられないほど、蘭節に未練があるのだろう。

「だが、おかげで界渡門を開き、召喚したお前で楽しむという趣味は見つけられたけどな」

そのせいか、虎之助をいたぶる言葉にもあまり覇気が感じられない。無理やり言っているようですらあった。

「……よかったですね」

かわいそうだな、と素直に思った。敖蒼も、自分も。

……俺も?

自分自身に疑問を感じながら、虎之助は髪を撫でる敖蒼の指先にそっと触れた。筋肉痛はまだ残っているが、彼の望みとあれば〝趣味〟として応《こた》えなければなるまい。

ところが敖蒼は眉間にしわを寄せ、その手を振り払ってしまう。

「さかるな」

本気の拒絶だった。戸惑いながら、虎之助はおずおずと尋ねる。

「でも、今……俺を抱きたいという顔を、されたような」

思い出した怒りを解消し、傷つけられた心を慰めるために、『蘭節』である虎之助を。

「……お前が『龍二』と同じ顔をした男に抱かれたいだけだろうが。俺のせいにするな」

さらに不機嫌な声で言った敖蒼が、手元の本を開く。

「……そうかもしれないですね。すいません」

さすがに少々恥ずかしくなった虎之助は、こちらを無視して読書に戻った敖蒼の姿を見るともなしに見た。

十日も過ぎれば辣の風景にも敖蒼の衣装にも慣れた。最初はどうしても龍一が派手なコスプレをしているようにしか見えなかったが、今ではむしろ、龍一の普段着のほうを思い出せなくなりつつある。

こうしてじっくり見てみれば、やはり置かれた立場のせいか、龍一と同い年ぐらいのはずなのに敖蒼のほうが大人っぽいというか、独特の翳りを感じる。彼には日本の大学生の格好よりは、スーツ姿のほうが似合うかもしれない。

そういえば、この就職難のご時世に龍一は就活に成功したと言っていた。こちらでは十日ほど過ぎたと思っているが、日本と辣の時間の流れは違うのだろうか。

もう龍一は、スーツを着たのか。亜希子は、彼の隣でウェディングドレスを着たのか。

「……おい、あまりじろじろ見るな」

ぼそりと、敖蒼がつぶやく。こちらを見もしないくせに気づくとは、思ったよりも長々と凝視してしまったようだ。

「あっ、すいません、つい」

また「さかるな」と言われるかと思いきや、わずかに目を上げた敖蒼は意外なことを言った。

「見たければ、別に見てもいいが」

「いえ、そういうわけじゃ……」

静かに読書する敖蒼は、これまで見てきた中で一番『龍一』らしい。だからつい目が追ってしまうのだが、このまま敖蒼の顔を眺めていると、悲しくなるようなことばかり考えてしまいそうだ。

「だろうな。あまり、見ないほうがいい。俺と『龍一』の違いが、分かってしまうぞ」

本に視線を戻しながらのひと言を聞いた瞬間、しんと心が凪《な》いだ。

道理で最近、あまり触れてこないわけだ。

虎之助が敖蒼と龍一の差違に気づき始めたように、敖蒼のほうも虎之助と蘭節の差違に気づき始めたのだろう。

耐えられなくなってきたのだろう。

「……読書のお邪魔をしてしまいましたね。俺、部屋に戻っています」

日本人らしい、当たり障りのない断りを入れてから、虎之助は立ち上がろうとした。

自分たちの関係は、思ったよりも早く終焉《しゅうえん》を迎えそうだ。

その終わりが彼の行動から透けてみえる、本当の望みへ続くきっかけになればいい。

「待て」

しかし出て行こうとしたところで、敖蒼に止められてしまう。

「そこにいろ」

「でも……あの、しないんでしょう？」

図書室のこの卓の上などで、行為に及んだことは何度かある。今日もてっきりそういうつもりだと思ったのに、敖蒼のほうから「さかるな」と言われてしまったのなら、虎之助がここにいる意味はないと思うのだが。

「今はそういう気分じゃない。いいから、そこにいろ」

「……はあ」

なんのつもりなのだ。せっかく気を遣ったのにと、当惑しながら座り直す。

「あの、しないなら……俺も、本を読んでいいですか」

せっかくなので、かねてから機会を窺っていた願いを告げてみる。

また無視されることも予測していたが、敖蒼はとりあえずこちらを見てはくれた。

「お前は最近、やたらと辣の知識を求めているようだな。東陽にもあれこれ聞いているようだし」

「ええ。俺、辣のことをもっと知りたいと思って」

「なぜだ?」

探るような敖蒼の目。『蘭節』に龍の知識を与えたせいで、自分が陥れられた時のことを思い出して勘繰っているのかもしれない。

「……大丈夫です。安心してください、敖蒼様。俺は蘭節さんとは違います。あなたに心から感謝していますし、裏切ろうなんて思っていません」

後先考えずに裏切ったところで、怒り狂った敖蒼に八つ裂きにされるのがおちだろう。虎之助にはなんの得もない。龍一に似た男に触れられる、歪んだ喜びを失うだけ。

もっともその喜びは、そろそろタイムリミットも近いようだ。だから、辣の知識がほしいと思っているのである。

「ただ……敖蒼様、俺に飽きてきたなら、早めに言ってくださいね」

「……俺が飽きる？」

「だって、最近……だんだん俺を抱く回数が、減ってきているじゃないですか」

昨日の激しさはまだ筋肉痛として体に残っているが、出会ったその日と比べれば随分回数は減った。挙げ句に今日は、「さかるな」と言われた上での「そこにいろ」だ。

虎之助と愛しい『蘭節』の埋められない差に、気づいてしまいつつある敖蒼。

彼に用済みだと言われてしまえば、虎之助は受け入れるしかないのだ。

「俺はもう、元の世界には戻れないわけですから、あなたに放り出されたらここで生きていくしかないんです」

言葉は通じるし、文字も読めるがそれだけだ。辣の一般教養などまったく身についていない上、西非央が受ける差別はおそらく現代日本で受けてきたそれより、何百倍も過酷であると考えておいたほうがいいだろう。

髪を、染めないといけないだろうか。龍一と出会う前のように。

金茶の前髪を摑んで物思いに耽《ふけ》っていると、敖蒼がいきなり口を開いた。

「元々界渡門を開き、異界の人間を召喚するのは、奴隷《どれい》や生贄《いけにえ》をまかなうためのものだった」

「え？」

まるで先日の東陽だ。突然話題が変わったように思えて虎之助は目を丸くするが、敖蒼はとんとん、と指先で卓の表面を叩《たた》きながら続ける。

「だが、使用する能力が大きすぎる。そこまでして奴隷や生贄を得るよりも、西非央あたりでまかなえば十分ではないかという意見が圧倒的だった。そのため現在、界渡門を開く力は応龍……最上級の龍気を持つ龍であることを示すためのものでしかない」

界渡門。応龍。理由は不明ながら、初日に抱いた疑問に対する初めての講釈に興味を引かれ、質問してみる。

「たとえば、俺が持ってる現代日本の知識とか……そういうものがほしいわけじゃ、ないんですか？」

「その知識は、龍である俺たち以上に優れたものか？」

「……たぶん違うと思います」

天候を操るような科学力は、少なくとも虎之助のような一般市民レベルには浸透していない。

「確かに知識を広めようとした者もいたようだ。だが、異世界と辣では国の在り方が異なる。お前がいたニホンでは帝王も一般市民も同等の生活をするのが尊しとされているらしいが、辣は違う」

敖蒼の口から『ニホン』という言葉が出ると、懐かしいようなくすぐったいような不思議な気分になる。

「我が国は龍気の強い者が国を運営する。大きな責任を負う分、海老や鯛《たい》などにかしずかれ、よい暮らしをする。その代わり何かあれば率先して尽力する。だが、ニホンの文化は龍と人を混同させる。そのような考え方が広まれば、辣の調和が損なわれる」

辣と龍王家中心主義が基準になってはいるが、その理論には一定の筋が通っている。西非央への差別が放置されていることは気になるが、それも含めて辣であり、異国の思想を持った文明は必要ないというわけだ。

表面上の部分も多いとはいえ、平等主義の国で生きてきた虎之助には納得しかねるところもある。反面、その傲慢こそが、たとえば界渡門によって吸収した知識で民衆を虐げたり、あるいはニホンへの侵略行為を働くような真似を未然に防いでいるのだろう。

第一ここで腹を立てたところで意味がない。虎之助はもう、日本から消されたのだ。

同時に、自分の勘が当たっていることを確信する。辣と異界の関わり方について語る声には、高慢なほどの誇りが根底に流れていた。

「だから、勝手に逃げようなどとは思うなよ」

ゆっくりと立ち上がった敖蒼が低い声で命じた。

「その容姿に加え、異界人などということがばれたら、どう利用されることになるか分からんぞ。お前が下手にニホンの知識などを垂れ流せば、棘に混乱を招く可能性があることを忘れるな」

どうやら、この脅しを言いたいがための講釈だったらしい。

「……はい。分かりました」

この龍に生殺与奪の権利を握られていることは分かっている。ただ、いつまでもこのままではいられないと理解しているから、何もすることがないのなら本を読みたいと思っただけである。

殊勝な返事に満足したのか、一つうなずいた敖蒼が書架の間に入っていく。やはり手元の本に飽きたのかと思っていると、五冊ほどの本を抱えて戻ってきた。

うち一冊が、ずいっと虎之助に向けて差し出される。

「敖白の阿呆でも分かる、棘の歴史書だ」

「え？」

「それで一通りの知識を得たなら、次はこれを読め」

「あ、ありがとう、ございます」

わけが分からないまま、受け取った本を目の前に並べて礼を述べる。敖蒼は興味のなさそうな顔で自分も席に戻ると、相変わらずのつまらなさそうな顔で、ぱらぱらと手元の記録書をめくり始めた。

夏の終わりを惜しむような風だけが、静かにあたりを吹き抜けていく。

「それでも分からないことがあったら、俺に聞け」

風に交じった敖蒼の声。なぜかこの時は、龍一の声とははっきり区別して聞こえた。

「だから、勝手に出て行ったりするな」

目を上げもせずに放たれた言葉に、たぶん大した意味はない。分かっているが、念のため、確認せねばならないと感じた。

「お……俺が、日本の技術や考え方を辣に広めたりすると、困りますものね……?」

「……そうだ」

敖蒼が顔を上げた。漆黒の瞳が、じっと虎之助を、いやその向こうにいる誰かを見つめている。

「それにお前は、『蘭節』だ。もう二度と、勝手に俺の前からいなくなることなど許さない」

「……そう、ですね」

分かりきった答えを得られたはずなのに、どうして落ち着かない気分になるのだろう。敖蒼から目を逸らし、意味もなく窓のほうに視線を投げたところ、日差し避《よ》けの向こうに黒い何かが見えた。

この距離で、おまけに日差し避けに隠れていてなお強い存在感を放つのは黒い龍。白いほうはどこかに行ってしまったのか、姿が見えない。

「……ご」

敖黒様？　と言いかけて、寸前で思い止まる。敖蒼は再び本に集中し始めたらしく、まったくの無反応だった。

虎之助が一人で動揺している間に、黒い龍は空を滑るように動いてどこかに行ってしまった。ほっと胸を撫で下ろすが、龍の姿が消えても胸騒ぎは消えない。

気のせいだろうか。あの龍は、こちらを見ていたような。

「……まあ、気にはなる、よな……」

幽閉された兄と、その慰み者である自分。敖黒の立場からすれば、気懸かりではあるだろう。

しかしたった今、勝手に逃げようと思うなと、その兄に言いつけられたばかりだ。……龍一と同じ声で、同じ目で。

少なくとも今はまだ、敖蒼は『蘭節』を必要としているのだ。なら、この閉ざされた箱庭の外に興味を持つべきではない。

歪んだ喜びを自覚しながら、虎之助も歴史書をめくり始めた。

遠くから人の話し声が聞こえる。だが、この離宮にいる人間三人のうち、二人はここにいる。

また妙な夢でも見ているのだろうかといぶかりながら、虎之助《とらのすけ》は広い寝台からのろのろと身を起こした。

図書室で黒龍《こくりゅう》を目撃してから五日が経っていた。あれ以来、敖蒼《ごうそう》とは互いに無言で本を読むという時間が増えた。今も枕元《まくら》には、彼が教えてくれた歴史書が何冊か重ねてある。

時々質問をすると、小馬鹿にするような視線と共に流暢《りゅうちょう》な解説が返ってくる。時には日本の文化について質問され、あまり突っ込んだ内容には答えられなくて冷や汗をかくような場面もあった。

だが昨日《きのう》は、久々に夕食後、敖蒼の部屋に連れ込まれた。たっぷりと貪《むさぼ》られてから、泥のような眠りに落ちたところまでは記憶がある。窓から差し込む薄明の中で目を凝らせば、隣で敖蒼が薄く唇を開いて眠っていた。

たぶん、寝起きのせいだろう。昨夜あんなに攻め立てられたのに、少々その寝顔が可愛《かわい》く見えた。起きる気配はまったくない。

「……龍一《りゅういち》さんは、結構朝には強かったけどな……やっぱり立場の差かな」

それとも体質なのだろうか。また一つ見つけてしまった『龍一』との違いについて考えていると、寝起きの頭に活を入れるような悲鳴が聞こえた。

「いけません！　敖白《ごうはく》様や羅貫《りかん》様の許可は取られたのですか!!」

東陽《とうよう》の悲鳴だ。乱れた足音を立てながら、その声は知らない声と一緒になってだんだん近づいてくる。

「取った」

「堂々と嘘《うそ》をつかないでください！　話が違います、もっと穏便に、あっ」

「下がれ、東陽。お前を傷つけると、蒼兄上の説得が難しくなる」

部屋の扉ががたがたと音を立て始めた。東陽の丸っこい体を無理やり押しのけて、誰《だれ》かがここに入ってこようとしている。

さあっと青ざめた虎之助は着るものを目探ししたが、昨夜敖蒼に乱暴に引き剝《は》がされた服は焦りも手伝って見つからない。代わりに敖蒼の服なら見つかったが、さすがに彼の服を奪う気にはなれない。

「敖蒼様、起きてください!!」

やむなく、上掛けを体に巻きつけながら敖蒼を揺するが、侵入者が目の前に現れるほうが早かった。

虎之助よりさらに青い顔をした東陽を従え、入ってきたのは二人。辣服《らっ》ではなく、軽装ながら武装しているが、幽閉《ゆうへい》された元龍太子を暗殺にきたというわけではなさそうだ。殺意は感じられない。

「驚いた。話には聞いていたが、蒼兄上は本当に、界渡門《かいともん》を開けたのか」

黒髪の、明らかに敖蒼の血縁であることを伺わせる端正な顔。そのくせどこか茫洋《ぼうよう》とした、浮世離れした空気を身にまとった若者が、無表情に虎之助を見つめて独りごちた。

抑揚のない声を聞く限りまったく驚いているようではないが、漆黒《しっこく》の瞳《ひとみ》はかすかに見張られている。多少は本当に驚いているのだろう。

一方虎之助は、彼とは比べ物にならないほどの驚愕《きょうがく》に硬直していた。黒髪の若者ではなく、もう一人の侵入者から目を離せない。

金茶色の少し長い髪を結った、細身ながらきりりとした雰囲気の若者。

辣にきて初めて見た黒髪以外の人間は……西非央《せいひおう》は、自分と同じ顔をしていた。

「あ、あなたは……蘭節《らんせつ》……さん？」

間違いない。震えながら確認すると、蘭節のほうも、青灰色の瞳で何度もまばたきしてから尋ね返してきた。

「君が……虎之助？」

名前まで知られているようだ。愕然《がくぜん》とするしかない虎之助に、蘭節は深々と拱手《きょうしゅ》する。

「初めてお目にかかる……とは思えないが、実際にお会いするのは初めてだよね。私は奉《ほう》蘭節」

きれいな人だ、というのが最初の印象だった。ナルシストか、と自ら突っ込みを入れたくなったが、自分などより何倍も蘭節のほうが美しいと思った。

少々年上に見えるのは、やはり苦労のせいか、それとも実年齢が違うのだろうか。龍一と敖蒼同様、自分と蘭節の声も同じだと思うのだが、骨伝導によらない自分の声はどうしても他人のものめいて聞こえた。

それでも、どこか親近感というのか、慕わしさのようなものを感じる。やはり彼と自分の魂は同質なのだろう。

「そしてこちらは、敖黒《ごうこく》殿下」

薄々そうではないかと思っていたが、改めて紹介されて虎之助は飛び上がった。

「敖蒼様の、弟さん……!?」

「……敖黒だと？」

低い声が、背筋をざわめかせる。

ようやく起き上がった敖蒼が、寝乱れた体を隠しもせずに室内を見回した。夢でも見ているると思ったのか、無言で視線を巡らせたあと、蘭節の姿を認めた途端にはっと表情を強《こわ》張《ば》らせる。

「……お前は」

その目が、蘭節と虎之助を見比べるように動いた。なぜか胸に痛みを感じた虎之助だが、敖蒼の瞳はもう一度深々と拱手した蘭節に釘《くぎ》づけだ。

「申し訳ありません、殿下」

敖蒼の反応は想定内なのだろう。静かにうつむく蘭節を睨《にら》みつけながら、敖蒼がしわくちゃになった自分の服を適当に羽織った。そのまま大股《おおまた》に、寝台を下りる。

「何が申し訳ありません、だ……！」

怒りが、雷光めいた青い燐光《りんこう》となってその身を取り巻いている。

ふくれ上がる龍気に当てられたのか、東陽が耐えきれないように床に座り込んだ。蘭節も少々口元を歪《ゆが》めたが、両足を開いて必死に踏ん張っている。黒龍に変化できる敖黒は平気なようで、彼は特に反応していない。

「今度は敖黒までたぶらかしたのか。それとも、開き直って俺にとどめを刺しにきたのか!?」

無表情を保っている弟をねめつけて吐き捨てる敖蒼に対し、蘭節は龍気に当てられた以外の動揺を示さない。開き直っているわけではなく、覚悟しているのだろうと虎之助は感じ取った。

残酷な裏切りを行った自分が敖蒼の前に再び姿を現す、その意味が分からないほど彼は愚かではあるまい。蘭節は辣における自分なのだから、なんとも手前味噌《みそ》な感想だが、真実だと思えた。

そうでなければ敖蒼も、ここまで蘭節に執着したりしないに違いない。

「返す言葉もございませんし、私の言葉があなたに届かないであろうことも承知しております」

腹を決めた表情で蘭節が答える。

この場で殺されることも覚悟しているのだろう。龍気とは違う特有の迫力に押されてか、敖蒼もわずかに語気を弱めた。

「……浪献《ろうけん》はどうした」

ぽつりとつぶやかれたのは、虎之助が初めて聞く名前だった。

「浪献様には残っていただきました。話がややこしくなると思いましたので」

蘭節は変わらない態度で返事をするが、一瞬流れた微妙な空気で虎之助は理解した。

浪献とは、この世界の蘭節の恋人だ。

「お前が姿を見せた時点で、ややこしくならないとでも?」

蘭節の口から恋人の名を聞いた途端、敖蒼の態度がまた険を帯びる。埒《らち》が明かないと見たか、敖黒が無表情のまま割って入ってきた。

「蒼兄上、落ち着いてくれ。俺は蒼兄上を傷つけたくない」

蒼兄上、というのが敖黒にとっての敖蒼の呼び名らしい。敖蒼が不愉快そうに弟を睨む。

「俺が龍性を封じられているからといって、調子に乗るなよ、敖黒……」

「調子には乗っていないが、現時点では俺が蒼兄上より強いのは事実だ。だから、穏便に話がしたい。あまり時間がない」

聞いているほうがひやひやするような率直さで、敖黒は兄に告げた。

「時間がない?」

「白兄上や羅貫にばれるとまずい」

険悪だった敖蒼の顔が、意外そうなものに変わる。

「お前が敖白に隠し事を?」

どうやら敖黒と蘭節は、白兄上こと敖白、そして彼を担いでいるという羅貫にも内密にここを訪れたらしい。

「それが、白兄上のためになるなら」

敖黒の無表情に、始めて感情の色が薄く乗った。彼にとって、敖白はそれほど大切な存在のようだ。

以前敖蒼から、敖白と敖黒は双子だと聞いた。敖白の性格は亜希子《あきこ》に似ているようだが、敖黒は正反対と言っていいだろう。東陽が魂魄《こんぱく》について双子をたとえに出したのも、彼らの存在あってのことと思えた。

虎之助が納得している間に、敖蒼も多少冷静になったようだ。

「……分かった。話ぐらいは聞いてやろう。ただし、妙な真似《まね》をすればすぐに羅貫に突き出してやるからな」

敖白ではなく彼を操る羅貫を通報先と選ぶあたりに、元龍太子であり兄としての意地が窺《うかが》えた。だが敖蒼としても、敖黒、そして蘭節まで揃《そろ》っての来訪を無下にはできないようだ。

羽織っただけだった辣服を、敖蒼が無言で整え始める。ようやく復活した東陽が慌てて近づいてきて、彼の帯を結び始めた。

「俺はこれでいい。それより、虎之助に着るものを」

大雑把《おおざっぱ》に整ったところで、敖蒼が髪を手で撫《な》でつけながら命じた。彼の背を見つめながらひたすらじっとしていた虎之助は、その場の全員の注目が集まってきたのを感じて上掛けの下で縮こまる。

「……あの、俺は、あとでいいです。それより早く……」

確かにできるだけ早く服を着て、この場を立ち去りたい。

龍気とやらのせいなのか、この部屋の空気が薄くなっていないか。息がしにくい。蘭節と一緒に、敖蒼の目に映りたくない。

だから早く行ってほしいのに、敖蒼は不機嫌そうな目で振り返った。

「何を言っている。お前も俺と共に、こいつらの話を聞くんだ」

「えっ!?」

どう考えても場違いだ。困惑して思わず蘭節を見たら、敖蒼が東陽から受け取った紫紺の棘服を投げつけてきた。

「うわっ」

「一人で着られるのだろう？　さっさとしろ。こいつも一緒でいいな？　敖黒、……蘭節」

「俺は構わない」

「問題ありません」

二人が口々にうなずく。俺が構う、と虎之助は思ったが、とても聞き入れてもらえそうにない。

「命令だ。早くしろ」

駄目押しのような命令と共に、皮膚がぴりっとするような圧迫を感じる。東陽が胸を押さえたのが目の端に見え、虎之助は観念して受け取った服を着始めた。


敖蒼が虎之助を連れ、招かれざる客を通したのは離宮の一階にある応接室だった。

龍王家の威信を示すように、金色に輝く飛龍《ひりゅう》の姿があちこちに刻みつけられた立派な作りだが、あくまで形式上のもの。幽閉されている敖蒼を訪ねる者などおらず、虎之助も足を踏み入れたことがなかった室内に、緊張した顔の東陽が清々しい香りのする茶を運んでくる。

「単刀直入に言う。やはり、龍王にふさわしいのは蒼兄上だ。龍太子に、いや、龍王になってほしい」

　茶を一口含むなり、敖黒がいきなりそう切り出した。

「羅貫は近々、白兄上の龍王への登極を正式に行うつもりだ。同時に白兄上には経験や年齢が足りないからという理由で、実際の権限は亀《かめ》である自分が握るつもりでいる」

　亀は大臣という話だったな、と虎之助は思い出した。海老《えび》で慣れたはずの牧歌的な呼称に笑ってしまいそうになるのは、室内に満ちた緊張感が高すぎるせいだ。

「だが、しょせんあいつはただの亀だ。おかしな術で人を惑わすことはできても、本当に人の心を摑《つか》むことはできない。周囲の目も覚めてきた今、蒼兄上が戻ってきてくだされば、一気に状況はひっくり返るだろう」

　すらすらと淀《よど》みなく、敖黒は語った。一方、敖黒の真向かいに腕組みして座った敖蒼は、隣に座らされた虎之助の肝まで冷やすような目で弟を睥睨《へいげい》する。

「だから？　今さらなんのつもりだ。二年前、羅貫と一緒になって俺を糾弾したのは貴様だぞ、敖黒」

「あの時は、白兄上があいつの術に囚《とら》われていた。俺には羅貫の術は効かないが、あいつの言うとおりにしなければ白兄上が危なかった」

　虎之助、そしてその向かいに位置する蘭節は自分が言われたように首を竦《すく》めているが、肝心の敖黒は特に堪《こた》えた様子がない。

「……お前は昔から、敖白の言うことしか聞かず、敖白の心配しかしないからな……」

敖蒼も、弟のこの調子には慣れているようである。何を言っても無駄だと思っているらしく、早々に追及を諦《あきら》めた。

「辣と蒼兄上のことも心配している」

「……敖白のためにだろう？」

「ああ」

「……まあいい」

聞いているだけで寿命が縮まりそうなやり取りが途切れた。暗い敖蒼の目が、今度は蘭節を捉《とら》える。

「お前が言いたいこともこの愚弟と同じか、蘭節」

「はい」

敖黒ほど無神経にはなれないようで、蘭節はあごを無理やり引くようにしてうなずいた。

敖蒼はいらいらしている時の癖らしく、とんとん、と卓の表面を指で叩《たた》き始める。龍一にはなかった癖から出る音が、やけに耳についた。

「蘭節。まさかお前は……今さら俺のところに戻ってくる気か。その身と引き替えに、俺に反乱を起こせとでも？　ということは、今度は浪献を人質に取られていないんだな」

冗談めかした口調は、平静を装っているつもりなのだろう。しかしその声は微妙にかすれており、虎之助は思わず、膝《ひざ》の上に置いた手で紫紺の辣服をぎゅっと握り締める。

「いいえ、反乱を起こしていただきたい、というか、正統な地位を取り戻していただきたいのは事実ですが、私はあなたの元に戻る気はありません。部下としてなら……お許しいただければ馳《は》せ参じますが、恋人と、しては」

蘭節も、敖蒼の乱れた心を感じ取ったのだろう。少しだけ瞳を伏せてから、背筋を伸ばし、胸を張る。

「申し訳ありません。私は……浪献様を慕っております。敖蒼様のことを嫌っているわけではありませんが、もう自分の気持ちに嘘はつけません」

堂々とした姿勢、発声。嘘偽りのない態度に、揺るがぬ想いがありありと透けていた。

敖蒼は黙って蘭節を睨みつけている。虎之助はどちらの顔も見ることができず、黙ってうつむいていた。

「……なら、どうして今、俺の前に出てきた」

胸苦しい時間が数十秒ほど過ぎたあと、敖蒼が感情のない声で糺《ただ》す。

当然の質問だが、蘭節は一瞬だけ、迷うような間を置いた。やがてその唇から流れ出たのは、こういう場面で誰もが言いそうな定型文だった。

「あなたが、龍太子に戻り……ゆくゆくは龍王となって、辣を守り」

「ふざけるな!!」

空中に火花が散る。はっと目を上げた虎之助は、敖蒼と重なる青い龍の幻を見た。さっきまで無表情に元恋人たちの会話を聞いていた敖黒の顔さえも、微量の緊張を帯びている。

「俺はもう、辣の行く末など知らん。お前たちが望んだとおり、ここで余生を過ごす。こいつと、一緒に」

ぐっと強引に抱き寄せられ、息を呑《の》んだ。

敖蒼にきつく肩を抱かれ、その状態で蘭節と向き合う。蘭節が、たまりかねたように口を開いた。

「敖蒼様、どうかこれ以上、虎之助に無体を強《し》いるのはおやめください。彼は……何も悪くありません」

敖蒼に対しては迷う瞳が、まっすぐに虎之助に向けられている。その目には、純粋な同情と罪悪感とがあふれていた。

当たり前だろう。蘭節からしてみれば、虎之助は自分の行いでとばっちりを食らったも同然なのだ。元いた世界から存在を削除され、異世界の龍の慰み者とされる現実を思えば、罪の意識を背負うのも無理はない。

しかし、彼は誤解している。

「違うっ…」

誤解を解こうと口を開こうとしたら、敖蒼に先を越されてしまった。

「なら、お前が戻れ」

絞り出すような声に、何も言えなくなる。

肩に食い込む敖蒼の力は強いが、その目は蘭節から動かない。

これも当たり前だ。彼が本当に求めているのは蘭節であって、しょせんは別人である虎之助ではないのだから。

「俺の恋人に戻れ、蘭節」

「できません」

苦しそうに眉根《まゆね》を寄せた蘭節は、いささかの迷いもなく彼の願いを拒否する。

「私の命をご所望であれば、差し上げるつもりで参りました。ですが私の魂は、浪献様のもの。これは……もはや私自身にも、どうにもなりません」

「浪献のことは忘れる、俺の気持ちに応《こた》えると言ったじゃないか」

「……その件については、お詫《わ》びするしかございません。浪献様にも、ひどくお叱《しか》りをいただきました。あなたを傷つけることが分かっていて、あのような嘘を口にするのではなかった」

嘘、という言葉を蘭節が発した瞬間、敖蒼の指先が肩肉に食い込んだ。痛みを通して、敖蒼のつらさが、居たたまれなさが伝わってくる。

仮に虎之助が龍一に想いを受け入れられ、あとに「あれは嘘だ」と告白されたら、とても敖蒼の召喚《しょうかん》など待てなかった。なんらかの形で、自分自身を消してしまっていただろう。

だが、無情に突き放す蘭節の苦しみもまた、伝わってくる。彼だって決して、そのような嘘をつきたかったわけではあるまい。

「敖蒼様……あなたと、あなたの愛する辣の未来のため、どうぞご決断ください。失礼ながら、敖白様は人を疑うことを知らなさ過ぎる。あの方がこのまま龍王となれば、後見人である羅貫様の専横を止められる者はいなくなる」

定型文を並べたような説得も、情を込めた弁解は逆効果にしかならないと理解しているから。

蘭節が敖蒼のことを、まったく好いていないとは思えない。側仕《そばづか》えとして、未来の龍王を尊敬していたのは間違いないだろう。虎之助が、泰之《やすゆき》を尊敬していたように。

だがそのようなおためごかしは、敖蒼の望みではない。虎之助が龍一の〝息子〟の立場を甘んじて受け入れられなかったように、敖蒼がなりたいのは蘭節の恋人であって、敬愛する主君ではないはずだ。

「蒼兄上、俺からも頼む」

しばらく事態を静観していた敖黒も、おもむろに頭を下げた。大きく表情を動かしたりはしないが、彼なりに敖蒼のことを思いやっているのは本当らしく、瞳が真剣だ。

「白兄上は死ぬほど可愛いが、王の器じゃない。蒼兄上みたいな視野の広さ、一度守ると決めた相手を見放さない責任感の強さ、いざとなれば非情な決断を下せる冷酷さがないと龍王にはなれない」

てっきりろくでもない理由を述べるかと思いきや、意外なほどにまともである。敖蒼もほんの少し心を動かされたようだが、その目は弟ではなく再び蘭節、そしてなぜか肩を抱いたままの虎之助に向かった。

「……今一度聞くぞ、蘭節」

もう一度蘭節に目を戻すと、震えを押し殺したような声で問う。

「俺を龍王としたいなら、浪献のことは忘れて、俺のところに帰ってこい。聞き入れないなら……この場で殺してやる。もちろん、浪献もあとで殺す」

内容からも口調からも、最後通告であることは明らかだった。蘭節はわずかに目を見開いたあと、きっぱりと首を振る。

「先ほど申し上げましたとおり、こちらへは私の命を差し上げるつもりで参りました。ですが魂は、あなたには渡せません。浪献様も……殺させはしません」

「……俺の魂を、奪ったのにか」

敖黒よりも平坦な声で、敖蒼が念を押す。それでも蘭節は、態度を変えない。

「承知しております。……魄《はく》だけなら、お渡しすることは可能です。ですが、それでは、殿下のご希望には添わないでしょう……?」

悲しげな目が、虎之助を見やる。

姿だけ似た人形でいいなら、彼で満足できるはずだ。虎之助には、彼がそう言いたいように感じられた。

「っ!!」

不意に、強い衝撃を覚えた。敖蒼に突き飛ばされた虎之助が椅子《いす》に沈むと同時に、敖蒼は椅子を蹴《け》って立ち上がる。

「帰れ」

家鳴りを生じさせるほどの凄《すさ》まじい龍気が自分を押さえつけることを、虎之助でさえ感じ取った。

　雷の予兆めいた音が天井から聞こえ始めている。部屋の隅にいた東陽は亀の子のように縮こまり、蘭節も苦しそうに瞳をすがめた。

「帰れ!!　出て行け!!」

　再度、敖蒼は命じた。だが敖黒も蘭節も、つらそうではあるが席を立とうとしない。変わらぬ願いを込めた目で、じっと敖蒼を見上げているだけだ。

「蒼兄上」

「敖蒼様……」

　すがるその視線を手で振り払うようなしぐさをしてから、敖蒼は部屋の外に足を向けた。

「お前たちが出て行かないなら、俺が出て行く」

「蒼兄上、離宮の外へは出られないぞ」

「……この部屋から出ると言ったんだ。まったく、お前は本当に何も変わらんな、敖黒!!」

　マイペースすぎる弟の言葉に荒々しく怒鳴り返した敖蒼は、床を一歩一歩蹴りつけるようにしながら応接室を出て行ってしまった。

雷雨の気配を引き連れて、敖蒼の龍気は消えた。

椅子の上でひたすら身を縮めていた虎之助は、客人の前であることも忘れてぐったりと背もたれに身を預ける。

「大丈夫ですか、虎之助様!?」

慌てた東陽が駆け寄ってきた。温かな手に背をさすられながら、虎之助は力なく首を振る。

「すいません、ちょっと……いろいろと、疲れて」

まるで、突発性の嵐《あらし》に巻き込まれたような気分だ。昨夜、敖蒼に翻弄《ほんろう》された疲労も消えていないのに、これでは心身がもたない。

すっかり疲労している虎之助を、敖黒が不思議そうに見やる。

「異界人は、龍気に対して鈍感なのではないのか?」

「……龍気に鈍感だろうが敏感だろうが、平然としていられる状況ではなかったと思います……」

どこまでもマイペースな敖黒に対しては怒る気にもなれず、虎之助は椅子に座り直す。

とはいえ、さすがに何か言ってやらねば気がすまなかった。

「元はと言えば、あなた方が敖蒼様に今さらの話を始めるからでしょう?」

その発言に、敖黒ではなく蘭節が唇を噛《か》み締めるのが見える。少々気の毒にも思ったが、自業自得だ、とも感じた。

普段あまり攻撃的な気持ちになることはなく、なったとしても罪悪感に苛《さいな》まれることが多い虎之助だが、蘭節は異世界の自分。敖蒼に……龍一と同じ魂を持つ男に選ばれた存在なのだ。

……いや、俺はむしろそのことに感謝しているんだけど、と、誰に聞かせるでもない言い訳を口の中でつぶやきながら、敖黒に提案する。

「敖白様がだめなら、敖黒様が龍王になればどうですか」

「俺は白兄上のことしか好きじゃないから、龍王は務まらない」

「……そうみたいですね」

辣の知識は浅く、政治について造詣が深いわけでもない虎之助だが、敖黒が王に不向きであることは嫌でも分かる。彼は本当に、敖白以外に興味がないのだ。

「赫《あか》兄上は蒼兄上以外に従う気はないと、いまだに出仕を拒否している。第一、俺たちの中で応龍は蒼兄上だけだ。だからやはり、蒼兄上に龍王になってもらうしかない」

ごく簡潔に結論づけられてしまったが、あまりにも身勝手すぎる。

なってもらうも何も、敖蒼だってずっとそのつもりだったのだろう。龍王になることと蘭節以外趣味のない彼に道を踏み外させたのは、誰だと思っているのか。

「俺たちが、身勝手なことを言っていると思っているな」

心を読んだように、敖黒がずばりと言い当ててきた。ぎょっとして見つめれば、彼特有の摑み所のないまなざしで静かに見つめ返してくる。

「だが、蒼兄上が龍王になることは俺たちだけの望みじゃない。分からないか？」

「……いえ」

部外者としての沈黙など許してくれそうにない、不躾《ぶしつけ》な気迫に押されるまま、虎之助はおずおずと口を開いた。

「俺も……なんとなく、そう思っています。怒られそうだから、敖蒼様には言っていませんが……」

『お前たちが望んだとおり、ここで余生を過ごす。こいつと、一緒に』

口で言った言葉とは裏腹に、耳元で聞いた敖蒼の台詞《せりふ》が不意に蘇《よみがえ》った。あの時抱かれた肩が、熱い。

かすかに頰《ほお》を染めてうつむく虎之助を見やり、それまで黙って二人の会話を聞いていた蘭節が敖黒に軽く頭を下げた。

「敖黒様、申し訳ありません。先にお帰り願えませんか。私は彼と、少し話をしたく思います」

「えっ？」

「分かった」

虎之助は驚いたが、敖黒は何かを感じ取ったのか、あっさり了承して踵《きびす》を返す。

「では、蘭節様、虎之助様、私も……」

東陽もぱたぱたと出て行ってしまい、応接室には同じ顔をした二人が残された。


二人きりになったところで、蘭節は改めて虎之助の前に座り直した。

改めて相対した蘭節は、たぶん年齢はほとんど同じだ。敖蒼が龍一よりたくましい体躯《たいく》を持っているように、実戦で鍛えた筋肉で組み上がった体が大人びた雰囲気を作っているようである。

だが本当に違うのは、魄ではなく魂のほうではないかと思えてならない。虎之助と違って蘭節は、すでに愛する人を持ちながら、敖蒼にまで求められた青年なのだ。

「虎之助」

若干の緊張を含んだ蘭節の声に、小さく肩が跳ねた。見た目が近い分、いまだに彼の声への違和感は拭《ぬぐ》いきれない。

「君のことは、おおまかには聞いている。敖蒼様と、その、仲良くしてくれているのだね」

蘭節も蘭節で、敖蒼と対峙《たいじ》した時とは別の意味で緊張しているようだ。少し、声が硬い。

「……ええ、まあ」

虎之助の召喚が暗黙の了解となっているようなことを、敖蒼は最初に言っていた。幽閉された身で大がかりな術を使えば、廃嫡《はいちゃく》どころか処刑の口実になりかねない。おそらく敖蒼は先にそうとほのめかしてから、自分を召喚したのだ。

当然、召喚するのが蘭節に似ただけの無力な自分であることも、どのような理由で召喚するのかも、併せて伝えてあるに違いない。今さら反抗するつもりではないこと、身代わりを求めるまでに傷ついた自分をアピールするために。

実際、そのアピールは成功したと言えるだろう。敖黒は付近の空を飛び回って敖蒼の強烈な未練を確認し、蘭節本人を説得役として連れてきたのだ。結果は、無惨なものだったが。

「……私の不心得のために、君は祖国も、家族も、全てを失った。本当に……申し訳ない」

うなだれる蘭節。心から悔いていることが、同質の魂に響く。

異世界の自分の意気消沈した姿を見て、虎之助は腹の底でくすぶっていた怒りが収まってくるのを感じた。蘭節に傷つけられたのは敖蒼なのだから、虎之助が憤らなくてもいいのだ。

「……いえ、いいんです。蘭節さんにとって……浪献さんという方が、誰を犠牲にしても失えないほどの存在だった。そういうことですよね」

「……ああ」

そこはしっかりと、蘭節はうなずいた。誰かを選び、選ばれた誇りに満ちた目がまぶしい。

叶《かな》うなら、自分も龍一に選ばれたかった。あるいは、泰之を選びたかった。

どちらもできなかった苦しみはいつも胸の底を焼いているが、これだけは言える。

「それに……あなたは誤解しています。俺は、俺の存在を元いた世界から消したかった。その願いを叶えてくれた敖蒼様との関係を、それなりに楽しんでいます」

身代わり同士、不毛な関係に見えていることは理解している。しかし手を伸ばせば抱き合える関係は、この手を取ってくれない想い人よりも、ある意味貴重ではあるのだ。

「だが……君は、君の世界に想い人がいるのだろう？」

瞳を曇らせる蘭節の問いに、虎之助は苦笑いする。

「……東陽さんに聞いたんですね」

話が違う、と東陽が慌てていたことを思い出す。

おそらく敖黒たちは、まずは情報収集のためにと東陽に近づいたのだ。敖蒼を、そして虎之助のことを深く思っている彼は、虚《むな》しい関係を清算させるきっかけになればと、あれこれ話してしまったのだろう。

「だからこそ、です。……俺は敖蒼様と同じ顔、同じ魂を持つ龍一さんが好きだ。だから、敖蒼様に求められるのは、悪い気はしていません」

それだけだ。

「……しかし……」

「俺にはあなたのように、相思相愛の恋人はいませんから。だからこの関係は、俺にとってもメリット、ええと、利益があるんです」

自分が辣の言語を理解しているように、辣人も虎之助の言葉を苦もなく聞き取っているふうではある。必要ないかもしれないが、少しでも誤解なく伝わるようにと言い替えた。

「でも、私には、君が傷ついているように見える」

努力が足りなかったのか、蘭節は意外な指摘をした。

「……それは……そうです。しょせん俺は、あなたの身代わりに過ぎない」

卑屈に聞こえないように、すぐにこうつけ足す。

「ですが、俺にとっても、敖蒼様は龍一さんの身代わりに過ぎない。だから……これで、いいんです」

少し早口に言い終えた虎之助は、蘭節がまた何か言う前に話題を変えた。

「それより、気になってることがあるんですけど……浪献さんって、どういう方ですか?」

蘭節は納得しきれていないのか、曖昧《あいまい》な目をしていたが、素直に話に乗ってきた。

「浪献様は、私の恩人なんだ」

まなざしが優しくなった。温かな恋をしている、まるで龍一のような目。

「もう知っていると思うが、君や私のような容姿の人間は、辣では激しい差別を受ける。私も幼い頃は人目を避け、物乞いや盗みを繰り返してなんとか生きていた」

予想どおり、西非央への差別は日本でハーフの少年が受けるものとは比べ物にならないようだ。

「そんな私に目をかけて、剣術を指南し、龍王家の直属軍に推薦してくださったのが浪献様なんだ。温かくて優しい、世話好きの方だよ。あの人に出会えなければ、私はとっくの昔にどこかで野垂れ死にしていただろう」

思った以上に厳しい蘭節の過去に絶句しつつも、虎之助の脳裏に一人の人物が焦点を結んだ。

コスプレしたいのかよ、と笑う他の部員を叱り飛ばし、大会への選抜メンバーに入れてくれて、俺の次の主将はお前しかいないと断言した豪快な笑顔。こんなふうになれたらと、素直な敬慕を抱いた相手。

「吉良《きら》先輩……?」

思わずその名を口にすれば、蘭節もしんみりした表情になった。

「……そうか……君も、浪献様と似た人を知っているんだね」

「……ええ、たぶん」

「その人は……君の恋人では、ないんだね」

泰之の告白を思い出してしまいながら、首を振る。

「違います。先輩ですし、尊敬はしていますが……そういう感情ではありませんでした」

泰之のことは好きだが、それ以上の気持ちはない。龍一への、胸苦しささえ伴う恋慕とは違う。

ただ、もしも先に会ったのが泰之だったらと虚しく考えたことはあった。

「蘭節さんは、もしも先に敖蒼様に会っていれば……あの方の恋人になりましたか？」

「……傲慢《ごうまん》だと思いながら、考えたことはある」

蘭節も苦い顔で首肯した。

「言い訳はしない。私は、浪献様を選んだ。人質に取られたあの人を失いたくなくて、敖蒼様を傷つけると分かっていて、あの方の気持ちを受け入れるふりをした」

「……そして、またあの方を傷つけると分かっていて、会いにこられたのですか」

思わず言ってしまってから、蘭節と揃ってはっとする。

「す、すいません、出過ぎたことを」

「……いや……いいんだ。君には、私を責める資格がある」

無礼な言葉に怒りもせず、ただ悲しそうなその顔は、自分と同じ作りとは思えないほどきれいに見えた。

「いや、ちが、お、俺は、別に……ただ、俺にとっての敖蒼様は、龍一さんだから」

それだけだ、と改めて強く思い直してから、慌てて話題を変える。

「また、こられますか」

「どうかな……敖黒様はその気のようだけど、敖蒼様は私の顔などもう見たくないだろう」

あくまでマイペースな敖黒は、なるほど今後も自由に押しかけてきそうではある。彼の奔放さには敖蒼さえもしばしば呑まれてしまっているが、蘭節相手ではかたくなになるだけと思われた。

「でも、君の顔は見たいんじゃないだろうか」

「……そうですね。俺なら、好き勝手に責め立てられますから」

身代わりだからこそ、ぶつけられる感情もあるとは虎之助も承知している。すると蘭節は、また何か含んだような表情を見せた。

「勝手なことを言うけれど、私もやはり、龍王には敖蒼様がふさわしいと思っている。少なくとも、失礼ながら敖白様よりは」

「……そうですか」

亜希子に似た、少々頼りなげな人物だと想像してはいるが、敖白に会ったことがない虎之助には相槌《あいづち》の打ちようがない。あの敖黒にあそこまで慕われているあたり、ある意味大物という気もするが。

「何より、敖蒼様ご自身も、龍王になることを望んでいるんじゃないかと……そう思うんだ」

　蘭節は、少なくとも表立って敖蒼と顔を合わせたのは二年前以来のはず。なのに当たり前のように、虎之助と同じ結論に辿《たど》り着いている。ああ、こういう人だから敖蒼様に好かれたのだな、と思った。

「……蘭節さんもそう思うのなら……きっと、そうなんでしょうね」

「そうだね。私たちは、同じ魂を持っているから」

　いったん肯定した蘭節だったが、彼は少し寂しそうな目をした。

「でも、あの方の決意を促す役目は、もう私ではないようだ。心も体も、私などよりずっときれいな君が召喚されてくれてよかった」

「え？」

「本当に、勝手なことを言うが、敖蒼様を頼む。……そしてできれば、君も幸せに。もう会えないかもしれないが、元気で」

　いぶかっている間に、蘭節が深々と頭を下げる。反応に迷っている虎之助を置いて、彼は姿勢良く立ち上がると出て行ってしまった。

「虎之助様！」

　ややあって、入れ替わりに東陽が駆けつけてくる。

「も、申し訳ありません！　私はただ、お二人がこのままでは、いずれだめになってしまうと……思って」

やはり、敖黒や蘭節に情報を流していたのは東陽なのだ。他にいないから当たり前だが、彼の気持ちは分からなくもない。

「……そうですね。敖蒼様は最近、俺に飽きてきたみたいだし」

「いえ、そんなことは……！　むしろ」

慌てる東陽が言わんとした言葉をさえぎって、虎之助は尋ねた。

「東陽さん。あなたも、敖蒼様は龍王になりたいのだと思いますか？」

「ええ、それはもちろん……！」

丸い瞳がぱっと輝く。主としての敖蒼を深く尊敬している東陽にとって、今の生活はやはり不本意であるようだ。

「……そうか。やっぱり、そうだよな」

なぜか、大会に臨む直前のような気持ちになった。背筋が伸びて、心が凪《な》ぐ。

「敖蒼様は、どちらにいらっしゃいますか」

我ながら落ち着いている、と感心するような声で、虎之助は東陽にそう聞いた。

案の定、敖蒼は自室にこもっていた。先ほど敖黒たちが押しかけてきた時と同じく、寝台を中心として、そこにはまだ情事の名残《なごり》が色濃く残っている。

これを他人に無関心そうな敖黒はとにかく、蘭節に見られたのかと思うと今さら恥ずかしくなってきた。

「敖蒼様」

「！」

羞恥《しゅうち》を堪え、寝台に寝そべって天井を睨んでいる敖蒼を呼べば、彼は弾《はじ》かれたように起き上がった。

まだ室内には燭台《しょくだい》の灯《あか》りさえなく、朝食を採るにも少々早い時間だ。見開かれた敖蒼の目が誰と見間違えているのは明白だったので、虎之助はゆっくりと、警戒を解くように名乗った。

「……俺です。虎之助のほうです」

「……そうか。そう、だな」

疲れたようにつぶやいた敖蒼が、再び寝台に身を沈める。

側に近寄った虎之助は、枕元にそっと座った。ぎい、と寝台が軋《きし》む音がして、敖蒼が無言でこちらを見上げてくる。

「蘭節たちは……帰ったのか」

「はい」

「……そうか。なら、いい」

朝の光を、あるいは虎之助を避けるように、彼は額に手をやった。

「朝食はいらん。お前も下がれ。俺は少し、眠る……」

虎之助も疲労を感じているが、敖蒼もひどく消耗しているようだ。この期《ご》に及んで蘭節が弟と一緒に押しかけてくるなど、まったく予想していなかったのだろう。

眠らせてあげたいと思ったが、その前に一つ、聞いておきたいことがあった。敖蒼はきっと、聞かれたくないだろうが。

「敖蒼様。あなたは本当は、龍太子に戻りたいんじゃないですか。そして、龍王になりたいんじゃないですか」

敖蒼は目元を手で覆ったまま、口調だけを鋭くした。

「何を言っている」

「前にあなたは、何百年もここに閉じ込められているのは冗談で、実際は二年ほどだとおっしゃいましたよね」

珍しい冗談を思い起こしながら問いかけると、敖蒼が起き上がった。その目はひたすら不審そうだ。

「確かにそう言ったが、それがどうした」

「二年でも……十分、長いですよ」

言い聞かせるように優しい自分の声が、どこか遠く感じる。知らない誰かがしゃべっているようだ。

もしかすると今の自分は、『蘭節』として敖蒼と対面しているのかもしれない。だからなのか、敖蒼を龍一に似た男だと思えない。傷ついて混乱している、元龍太子にしか見えない。

「いつも、あの報告書をご覧になっていますよね。外で何が起こるか、ああやって毎日確認しているのは……あなたが守るはずだった国の状況を、きちんと把握しておきたいからでしょう?」

明らかにつまらなさそうに、無味乾燥な報告書を読み続けている敖蒼。

いくら他にすることがないとはいえ、つまらないならやめればいいのに、彼はやめられないのだ。

「……お前には関係ない。そして、俺にも関係ない」

拒絶の意志に満ちた声は、氷でできた刃のようだった。

「俺はもう龍太子ではない。この国の行く末に関われる身分ではない」

そこで言葉を切った敖蒼は、虎之助に背を向けて寝転んだ。下らない話は終わりだと、あからさまな態度で示している。

ここで引くべきだと分かっていた。『虎之助』なら、これ以上踏み込むべきではない。

だが、今の自分は『蘭節』だ。そもそも敖蒼の目に映っている自分は、ずっと『蘭節』だったのだ。

「でも、俺に離宮の外に出るなと、日本の思想を垂れ流すなと、言いましたよね……?」

辣の行く末など関係ない、どうでもいいにしては、滔々《とうとう》と語られた言葉には年月の熟成を感じた。広い図書室の本を読みきる勉強家の龍は、間違いなく辣という国を愛しているのだ。

「……だったらどうした。お前は俺のものだ、勝手を許さないのは当たり前だろう」

断言されて、鼓動が跳ねる。

勘違いするな、それは言葉どおりの意味でしかない。立場を自覚すれば、すぐに心臓が冷えてきた。

「今は、関わることができないとしても……関わる立場に戻ることはできるでしょう?」

『蘭節』のぬくもりに満ちたまなざしを思い出しながら、対話を拒む背中に問いかける。

「敖黒様や……蘭節さんが言うように、龍王になれば、っ……!!」

　いきなり、首が絞めつけられた。ほぼ同時に手首と足首に強い力がかかり、敷布《しきふ》の上に引き倒される。

「ぐっ……」

　咳《せ》き込みながら涙目で見上げれば、こちらを振り向いた敖蒼の忌々しげな顔がある。龍一と見間違えようもないほど、その表情は激しい怒りに歪んでいた。

「黙れ。身代わりの愛妾《あいしょう》風情が、差し出がましい口を利くな!!」

　一際強く首を絞めてから、拘束が消える。むせて咳き込む虎之助を見下ろし、敖蒼は冷たく吐き捨てた。

「俺に見限られたくないのだろう？　見ず知らずの土地で野垂れ死にしたくないのだろう？　なら、おとなしくしていろ!!」

　びりびりと肌を打つ、龍の氣。嵐を巻き起こしながら暴れ狂う青い龍が、敖蒼に重なって見えた。

　だめだ。これ以上余計なことを言えば、この場で殺されてしまう。

「申し訳……ありません、でした」

　呼吸を整えながら謝ると、不意に敖蒼の顔が近づいてきた。

一瞬、怒りに任せて犯されるのかと思った。むごい仕打ちを想像し、反射的に目を閉じると、不意に気配が遠のく。

恐る恐る目を開けたところ、壁のほうを向いている敖蒼の背中が見えた。

「俺は、ここでお前とこのまま、いつまでも過ごせればそれでいいんだ。他にはもう、何も望まない」

寂しい声だった。

龍一の声とは、まったく違った。

思わず跳ね起きた虎之助の追及から逃げるように、大きな体が上掛けの中に隠れていく。

「……寝る」

こもった宣言を最後に、敖蒼の声は聞こえなくなった。

「お、おやすみ、なさい」

他に何も言えず、震えながら寝台を下りた虎之助も、逃げるように敖蒼の部屋をあとにした。


敖蒼の部屋を出たあとは、とりあえず東陽が用意してくれていた朝食を食べた。東陽は何か聞きたそうな顔をしていたが、虎之助は貝のような沈黙を守り続けた。

食後はずっと一人で自室の寝台に寝転がり、うつらうつらしては龍一か、敖蒼か、どちらともつかない誰かが出てくる夢を見て飛び起きたりを繰り返した。ついには眠ることが怖くなり、起きたままずっと上掛けを被《かぶ》ってぼんやりしていた。

昼に様子見にきた東陽は、虎之助があまりにも呆《ほう》けているので夜は声をかけるのを諦めたらしい。気づけば薄暗い部屋の隅に、少し冷めかけた粥《かゆ》と点心《テンシン》が何点か置いてあった。

それを食べてまた眠り、起きた虎之助は妙なことに気づいた。

「あれ……？」

じわじわと秋の気配を帯び始めた空の向こうに覗《のぞ》く、太陽の位置が高い。そろそろ昼も近い時間ではないか。

敖蒼の気まぐれに痛めつけられ、起き上がれぬままこの時間帯まで意識がなかったこともないわけではない。問題は東陽の気配がまったくしないことだ。

「ようやくお目覚めか」

「……ひゃあっ!?」

代わりに敖蒼の声が聞こえ、亜希子のようにすっとんきょうな悲鳴を上げてしまう。

「妙な声を出すな、新しい海老が驚くだろう」

意外な言葉に目を見開けば、相変わらず辣服を少し着崩した敖蒼の横に、中肉中背の老人の姿が見える。見知らぬ顔だ。少なくとも、絶対に東陽ではない。

「新しい海老って……あの、東陽さんは!?」

まさかの思いに駆られながら聞くと、敖蒼は当然のように答えてくれた。

「東陽には暇を出した」

「えっ……!?」

「あいつは敖黒や蘭節を手引きしたのだぞ。信用できるか」

取りつく島もない態度で吐き捨てると、敖蒼は隣の老人に向けてあごをしゃくる。

「心配するな、代わりの海老はもう手配している。お前があまり世話を焼かれたがらないことは伝えた。必要な時は呼べ」

「で、ですが……」

新しい海老の老人はよほど敖蒼が怖いのか、さっきから直立不動のまま微動だにしないではないか。一瞬虎之助とも目が合ったが、ひっ、と息を呑むのが聞こえた。

「食事が終わったら、俺の部屋にこい」

問答無用でそう言い渡すと、敖蒼はさっさと出て行ってしまう。

取り残された虎之助は、困惑しながら新しい海老を見た。

「え、ええと、あの……」

「はいっ！」

これ以上ないほど背筋を伸ばし、老人は脂汗を流しながら返事をした。

思慮深そうな老人ではあるが、見覚えはまったくない。東陽のようなある種の親近感を覚えないのは、日本でも知己ではないからだろう。

老人のほうはといえば、親近感どころではない。本物の虎を目の前にしたかのように、全身をがちがちに強張らせて突っ立っている。

「……あの、朝食を、持ってきてください。食事以外は、俺については何もしてくださらなくて構いません。他に用事がある時は、お呼びします」

ゆっくりゆっくり、噛んで含めるように言うと、老人は転がるように部屋の外に出て行った。

その背を思わず見送ってから、虎之助は形容しがたい脱力感を覚えて寝台に座り込んでしまった。


東陽が暇を出されたあと、離宮での生活は一変した。

「……東陽さんに会いたいな……」

いまだ見慣れない老人の背中が小走りに室外に駆けていくのを見送って、虎之助はため息をついた。狸寝入《たぬき》りをやめて、寝台の上で起き上がる。

窓の外には爽《さわ》やかな早朝の青空が広がっているというのに、心は灰色の雲に覆われている。東陽のあの人のいい笑顔が、辣での暮らしの中でどれだけ癒《いや》しだったのか、失ってから気づいた。

新しい海老の老人は敖蒼はもちろん、虎之助に対しても異常に恐れを抱いており、可能な限り直接の対面を避けるのだ。食事もできるだけ、こちらが寝ている間に置いて出て行こうとするので、温かいものを食べたければこうして寝たふりをしていなければならない。

「今日こそ、名前ぐらい聞こうと思ったのに……」

ため息をつきつつ、食事を始める。饗《きょう》される料理の味だけは東陽のものと遜色《そんしょく》がないのが救いだが、あまり味わってはいられない。早く敖蒼のところに行かないと、また。

点心を腹に詰め込んで、虎之助は急いで着替え始めた。

すっかり着慣れた辣服の裾を翻し、部屋の外に出た途端黒髪の青年とぶつかりそうになった。あっ、と声を上げて避けようとしたら、宙を掻《か》いた手を摑まれ引き戻される。

「遅いぞ、虎之助」

「す、すいません……」

「行くぞ」

虎之助を半ば引きずるようにして、敖蒼がつかつかと歩き出す。虎之助は諦めて、うっかり転んだりしないようにだけ気をつけながら、あとをついていった。

蘭節たちを追い出し、東陽にまで暇を出した今、敖蒼の態度はひどく硬化していた。記録書を読む理由の指摘が不愉快だったのか、図書室に行くこともほとんどなくなった。純粋な好奇心から、中途半端に学習した辣、そしてこの世界の状況についてもっと知りたいと思っても、今の虎之助には自由時間がないに等しい。

たまたま昨夜は部屋に帰してもらえたが、最近はほとんどずっと敖蒼の部屋にいる。いる、というか強制的に連れて行かれる。

そこで抱かれるならまだ話は分かるが、肌を合わせる頻度も激減している。反面、一度火が点《つ》くと止まらない。海老の老人が食事を持ってくる暇がないほど延々と啼《な》かされて、このまま殺されるんじゃないかと本気で思ったのは三日前のことだ。

あれ以来、蘭節はこない。白い龍も黒い龍も見かけない。

このままここで、敖蒼がだめになっていくのを見守ることしかできないのだろうか。

「あれ……?」

焦燥を感じつつも抵抗できず、今日も一直線に部屋まで連行されるのかと思っていたら、どうも様子が違う。風通しの良い廊下を歩いて、向かう先は図書室だろうか。

しかし、広い図書室の横を通り過ぎて敖蒼は進む。戸惑《とまど》っているうちに見えてきたのは、図書室と同じぐらい広い板敷きの部屋だった。

「剣道場……?」

雰囲気は近い。辣の武道場であることは間違いないが、漂う緊張感は段違いだ。緋《ひ》色に塗られた壁に立てかけられているのは青龍刀に角棒、細い槍《やり》と、竹刀《しない》とは異なる明らかに実戦用の武器だった。

物々しい空気が恐ろしい。一体何をするつもりなのだろう。

緊張する虎之助を引っ張って、敖蒼は武道場に入った。部屋の中央まで大股に歩き、そこでいきなり、軽く突き放すようにして虎之助を解放する。

「向かってこい」

「ご、敖蒼様、あの……?」

現在の状況だけを見るならば、訓練をつけてやる、と言われているような気がする。しかし前後のことを併せれば、何をどうしてこうなったのか皆目見当がつかない。

もしや敖蒼は、すでに手遅れなのだろうか。

「……顔色が悪い。お前は少し、運動したほうがいい。何か武術をやっているのだろう？　そういう体をしている」

混乱していると、さすがに説明が必要だと思ったのか、理由を教えてくれた。本気で心配しているらしい声に、誰のせいだという怒りを凌駕《りょうが》して不思議な感情が込み上げた。

貧相だなんだと散々馬鹿にしていたくせに、そういうところはちゃんと理解してくれていたのか。

同時にここが、自分たちの分岐点だと直観した。

「敖蒼様が……最近、運動させてくださらないからです」

思わせぶりな言葉を聞いて、刹那《せつな》、敖蒼が黙った。そして、それを恥じるように不敵な表情を作って言い放つ。

「お前がその気なら、ここで抱いてもいいんだぞ」

「ということは、あなたにはその気がないんですね」

この手の揚げ足取りは好きではない。まして、プライドの高い敖蒼はもっと好きではないだろう。まなじりが吊《つ》り上がったが、構わない。

「……もう、ご自分でもお分かりでしょう。俺は蘭節さんではありません」

虎之助は虎之助だ。ただの異界人であり、その個性を、魂を好かれていたわけではない。

「本物の蘭節さんは、俺よりずっときれいで、大人で、立派な人だった。俺はそう……できの悪い、双子の弟みたいなものです」

敖黒のことが頭に浮かび、気の抜けた笑みを誘われた。ともすれば込み上げそうになる涙を、抑制しようとしているせいだ。なぜ泣きそうになっているのか、それは今考えてはいけない気がした。

「それでも、お前は……蘭節に、似ている」

敖蒼は、まだ自分に対して一縷《いちる》の望みを抱いているようだ。ああ、本当に蘭節さんのことが好きなんだなと思いながら、ぴんと背筋を伸ばした。

「似ているだけです。違うところは数え切れない、お互いに。本当は気づいたのは、あなたのほうが先だったんでしょう?」

敖蒼の瞳が揺れる。言葉ならぬ肯定に、苦笑いが漏れた。

「身代わり同士なんて、長く続くはずがなかった。もう、終わりにしましょう。そして、あなたの本当の望みを叶えてください」

「……俺の本当の望み?」

「龍王になって、辣を守るんでしょう？　蘭節さんが、いなくても」

「違う！」

瞬間、二の腕がぶわっと鳥肌立った。放出された龍気に当てられたようだが、しょせん自分は異界人。辣の人間ではなく、まして敖蒼は龍性を封じられている。

だから耐えられる。今、言うべきことを言える。

「嘘をついたってだめですよ。俺だって……俺だって、ずっと側で、あなたのことを見てきたんだ」

「じろじろ見るな」という敖蒼の忠告を守らなかったことを悔やむぐらいに、龍一と同じところを、違うところを、一つ一つ数え上げてきた。傲慢な態度、想い人を呼ぶ切ない声。意外に弟に弱くて趣味のない、不器用な応龍。

「それに、龍一さんと同じ魂を持つあなたが、無責任な怠け者のはずがないんです」

我ながら取ってつけたようだ、という締めくくりがよくなかったのか、敖蒼が低いうなり声を発した。

「俺の本当の望みが、お前に分かるだと……？」

避ける余裕もなく、襟《えり》首を摑まれる。読書しかしていなかったくせに、一体どういう身体能力かと恨み言を言いたいほどの早さだった。

「虎之助、お前の望みはなんだ。俺との関係を終わらせて、そのあとどうする」

「……とりあえず、もう少し辣についていて勉強したいですね。それからここで、静かに暮らしていきたいです」

冷静に切り返すと、漆黒の瞳が怒りに燃え上がる。頬の産毛がちりちりするような龍気を放ちながら、敖蒼は唇だけ笑った。

「まだ、ニホンに帰してやれると言ったらどうだ」

いきなり前提条件を覆された。

呆然《ぼうぜん》としている間に、魅惑的な条件まで追加される。

「お前の愛する龍一の側に、帰してやれるとしたら。それどころか、龍の力で、奴の心をお前に向けさせることができるとしたら……?」

帰れる。

龍一に愛される者として、彼の側に戻れる。辣から、敖蒼から離れる?

……どうしてこんなに、嬉《うれ》しくないのだ?

それはきっと、亜希子に向けられた龍一の想いを、強引にねじ曲げるような提案をされたからだ。

「嘘だ」

一瞬、敖蒼に心を読まれたのかと思って息が詰まった。だが、そういう意味ではなかったようだ。

「馬鹿め、最初に言っただろう。お前はニホンから消えた。帰ることはできない。……そんなことは、させない」

虎之助を混乱させ、傷つけるための言葉。そのくせどこか、敖蒼も傷ついて見えた。

「わ、分かっています。俺は、そんなつもりじゃ」

「嘘だ」

もう一度、敖蒼は繰り返した。

「この関係に飽きてきているのは、俺ではなくてお前のほうだろう」

「違います、飽きて、ではなくて……ただ、終わらせようと」

それは間違いない。飽きたんじゃない。

「どうして終わらせようと思った」

「……それは……あなたが」

かわいそうだから、と言う前にぴしゃりと否定される。

「俺のせいにするな。お前は、どうして、終わらせたいんだ」

「それは……」

かわいそうな敖蒼を見ていられないからだ。

かわいそう?

身勝手な理由で、虎之助を日本から消し去った、こんな男が?

沸き上がる疑問が唇を閉ざす。答えられない虎之助を睨みつけ、敖蒼は叫んだ。

「お前も、俺から逃げようというのか。蘭節のように、愛し愛される者がいるわけでもないくせに……!!」

青い稲光が飛び散る。

「うわっ……!?」

雷の一撃により、いつかの学生服と同じく華麗な辣服が炭化してぼろぼろと散り落ちた。ぎょっとして硬直した虎之助の足首に、鮮やかな足払いが決まる。

かろうじて受け身は取れたが、焦げた布地に滑って肘《ひじ》を打ちつけた。痛みに顔をしかめているところに、敖蒼がのしかかってくる。足の間に割り込まれ、起き上がれない。

「や、う、ぐっ」

口づけというより、唇で殴られたような感触がした。あごを摑まれ、無理やり舌を差し込まれ、べろべろと口腔《こうこう》を舐《な》められる。

大型の獣に補食されているようだ。いや、自分も虎か。そんなわけの分からないことを考えている間に、裸の胸を大きな手が這《は》い始めた。

「い、た……」

本日の敖蒼は、怒りに我を忘れて若干目測を誤ったようだ。雷を浴びた素肌のあちこちが火傷《やけど》とまではいかないが、赤くなってひりひりしている。

敖蒼はそれに構わず触れてきた。緊張にとがった乳首を探り当て、親指と人差し指の腹で押しつぶし、揉みほぐす。

「……んっ」

散々いじられて敏感になった乳首を攻められると、こんな状況だというのにあえぎが漏れてしまった。安い反応を悲しく思う暇もなく、内股に手の平が滑り込んでくる。

「やめッ……！」

慌てて足を閉じようとしたら、見えない鎖ですでにがっちり固定されている。為《な》す術《すべ》もなく、性器に絡んでくるぬくもりを受け入れるしかない。

「名ばかりの虎が、龍にかなうものか。おとなしくしていろ」

せせら笑った敖蒼の指先は、悔しいことにもう虎之助を知り尽くしている。全体を数度緩く扱《しご》いたあと、先端の穴周辺を指の腹でくじられただけで息が上がってきてしまった。

「はっ、は……」

加熱していく体だけが先走る。先ほどの問いかけの答えを求め、立ち往生している心は置き去りだ。

「ご、敖蒼、様、待って、俺、俺は」

「黙れ。お前に命令する権利があると思うな」

命令じゃない、と言いたいのに、強引な愛撫《あいぶ》がそれを許さない。漏れ出た先走りを全体になすりつけるようにして攻め立てられると、呆気《あっけ》なく軽く絶頂してしまった。

「は……ぁ」

蕩《とろ》けた目で敖蒼を見上げる。睨むように見返してくる顔は、敖蒼にしか見えない。

「……蘭節と同じ顔で、そんなだらしのない表情をするな」

敖蒼には、ちゃんと『蘭節』として映っているようなのに。

「す、すいませ、あっ」

謝ろうとしたら、ぐいっと両足を持ち上げられた。精液に濡《ぬ》れ、妖《あや》しく光る尻《しり》の狭間《はざま》に、いつの間にか露出した熱いものを擦《こす》りつけられる。

「もう、ぐちゃぐちゃだ」

乱れた息を吐きながら笑うと、敖蒼は指先を虎之助の奥に差し込んできた。どちらのものともつかない体液をまとった指が二本、内臓を押し上げるようにして入ってくる。

「簡単に受け入れて……この体で俺から離れられると思ったのか、馬鹿め」

「はぅ……、う、ん」

ぐりぐりと敏感な部分を無遠慮にこね回されて、苦しい。気持ち悪い。

でも、それだけじゃない。

いつの間にこんなに、彼のやり方に慣らされてしまったのだろう。胸苦しい気持ちを覚え、潤んだ瞳で敖蒼を見上げると、彼は口の端を吊り上げた。

「いいな」

「ま、まだっ」

真っ青になって頼んだが遅かった。虎之助の足を肩に担ぐようにして、敖蒼はいきなり突き入ってきた。

青い稲光が、虎之助を串刺《くしざ》しにする。

「うあ、ああーっ……!!」

侵入の衝撃に、どっと涙があふれ出した。ぼろぼろと泣いている虎之助の足を抱え直した敖蒼は、無言で腰を揺すり始める。

ぬちゅぬちゅという卑猥《ひわい》な音が、結合部からひっきりなしに上がる。

「いっ……、うぅ……」

手は自由なのだが、摑みかかる気力も奪われてしまった。指先が痛むのにも構わず、床を引っ掻くので精一杯だ。

敖蒼もきついのか、眉間《みけん》にしわを寄せた顔はあまり楽しそうではない。つまらない、つまらないと言いながら記録書を読んでいた時と似た顔をしている。

ついに〝趣味〟の座からも滑り落ちてしまったのかと思うと、余計に涙が止まらない。

「はっ……、う、う」

しばらくは瀕死《ひんし》の動物のようなかすれ声を上げていた虎之助だが、体はやがて馴染《なじ》んだ熱を思い出してきたようだ。苦痛を訴える声が次第に、甘い色を帯び始める。

「淫乱《いんらん》……」

敖蒼にも快楽が返り始めたのだろう。艶《つや》めいた声でつぶやくと、深く埋めたものをぎりぎりまで引き抜いてから、思いきり強く腰を打ちつけてきた。

「ひぐっ……!!」

脳天にまで痺《しび》れが走り、内に含んだ男をぎゅっと締めつける。く、と小さく息を詰めた敖蒼が、満足そうに口の端を吊り上げた。

「下の口は、まだ終わりにしてほしくないようだが……?」

「……っは、や、そんなん、じゃ……」

あえぎながら否定の言葉を口にすれば、敖蒼は残酷な提案を始めた。

「俺を『龍一』と呼んでもいいぞ」

「……っ!!」

驚いて、もっと深く彼を締めつけてしまう。

何度か龍一の話題を口にしたことはあったが、敖蒼を『龍一』と呼んだことはなかった。こんな男とあの人を一緒にできない、という気持ちが強かったし、銀鱗湖《ぎんりんこ》で「今はだめだ」と言われたことを覚えていたからだ。

自分は散々『蘭節』と呼ぶくせに、と不満を覚えたことはあった。でも、彼を『龍一』と呼ぶのは嫌だった。龍一に悪いというのはもちろん、とにかく嫌だった。

「……呼びま、せん……っ、！」

汗の雫《しずく》を飛び散らせながら首を振ると、額ごと前髪を掴まれた。近すぎて黒い影のようにしか見えない手の向こう、敖蒼が顔を歪めて命じる。

「俺を『龍二』と呼べ。それが嫌なら、蘭節になれ。今すぐなれ」

命令というより、もはや子供が駄々をこねているようだ。

「蘭節になって、俺を愛せ。ずっと側にいろ……!!」

本音を剝《む》き出しにした叫び声が、胸を穿《うが》つ。

君のお父さんになりたいんだ。同じ声で言われた言葉が耳の奥に蘇った。

内容はまったく違うが、虎之助が理解すべきことは一つ。

本当に求められているのは、俺じゃないんだ。

「……蘭節さんは、あなたのものには、なりません……」

床を掻いた手で、顔を覆う敖蒼の手の平に触れる。案外すんなりと、彼の手は離れた。

だが、露《あら》わになった虎之助の顔を見た途端、敖蒼はふいと目を逸《そ》らす。

現実を直視したくないことは分かるが、見てもらわなければならない。彼の『蘭節』とは似ても似つかぬ、醜《みにく》い自分を。

「あなたが抱けるのは、あの人の代わりでしかない俺です」

「それでいい」

目を逸らしたまま、敖蒼はすぐにうなずいた。

「それでいい。そのために、お前を召喚したんだ」

「……っ」

いったん動きを止めていた内部の熱が、また動き始めた。大きな手が、ところどころ赤くなった肌を滑るように撫でていく。

「お前はこうやって、ただ俺の下であえいでいればいいんだ」

虎之助の胸や下腹のあたりを凝視して、敖蒼は独り言のように言った。

「俺も……そんなお前を、ただ抱いていればいい。このままここで、ずっと……」

このぬるま湯に、終わりのない戯れに浸っていたい。これ以上傷つかないように、永遠に。

当初それは、虎之助の願いでもあった。だから彼の気持ちはよく分かった。

分かっているから、……感謝しているから、自分のほうから終止符を打たなければならないのだ。

「嫌だ」

彼を睨みつけ、虎之助はきっぱりと断言した。

「そんなあなたは……もう、見たく、ない」

身代わりと言うにもおこがましい、醜悪な紛《まが》い物。敖蒼はそんなものにしがみつき、終わっていいような人ではないはずだ。

東陽と蘭節が忠義を捧げ、この自分の心さえ動かした龍太子なのだから。

やがて、敖蒼は視線を上げた。

もはや龍一と同じとは到底思えない、暗く切羽詰まった瞳が虎之助を捉える。

「……そうだな。俺は、お前の好きな『龍一』ではないものな」

愛撫の手も止まった。足が下ろされ、体から彼の熱が離れていく。

「お前も、『蘭節』ではない。分かっている……」

虚《うつ》ろな声で「分かっている」と言いながら、敖蒼は立ち上がった。のろのろと動いた手が、前だけはだけていた辣服を脱ぎ始める。

「ご……うわっ！」

戸惑う虎之助に、人肌の熱を残した衣服が投げつけられた。

「出て行け」

放出される龍気が、焼かれた肌をちりちりと焦がす。

「出て行け!!」

雨と風の気配に追い立てられるまま、与えられた服を掴んで虎之助はその場を逃げ出した。


気づいたら、敖蒼に与えられた辣服を身にまとい、銀鱗湖のほとりでぼんやりしていた。

武道場を飛び出したのは昼前だったはずなのに、太陽は中天を過ぎてじわじわと高度を下げつつある。

「……あーあ」

虎之助にも分かるレベルの龍気を、短期間であれだけ放出したのだ。まだ名前も知らない海老の老人は、離宮のどこかで倒れているかもしれない。

人のことを心配している状況ではない。分かっているが、自分の今後について考えようとすると、どうしても頭がぼんやりしてしまう。

だが、いつまでもここで湖面を眺めているわけにもいくまい。とりあえずは汚れた体ぐらい清めるべきだと思うが、東陽もいない今、秋の水はかなり冷たいだろうと思うと二の足を踏んでしまう。

「どうしようかな、これから……」

腹が立つほど袖《そで》も丈も余る辣服を、敖蒼の不器用な優しさの一片を見やった時だった。

ぱたぱたという可愛い足音と一緒に、懐かしい声が聞こえてきた。

「虎之助様！」

「東陽さん……!?」

驚いて振り向いた瞬間、服の前がぱらっとはだける。

そういえば、帯までは与えられていなかったのだ。まだひりひりする胸と、濡れた感触の残る足が露わになった。

「うわっ」

「し、失礼しました、まずはこちらをお召しください！　湯はすぐに用意します!!」

真っ赤になった虎之助に向かって、東陽は抱えていた荷物の中から深緑色の衣服を取り出した。東陽が着ているよりもさらに地味な、おそらくは辣の一般市民用の辣服だ。

言われるままに裸になって銀鱗湖に入り、敖蒼の匂《にお》いが残った体を洗う。東陽が温めてくれた湯はまだ少し赤くなった肌に痛いが、目が覚める思いもした。

着替えは短めの上着と長いズボンという形式なので、これまで着ていたものよりはだいぶ着やすくて動きやすそうだ。目立つのが苦手な虎之助好みの衣装だが、こちらの気持ちを尊重して後ろを向いている東陽が抱えた、敖蒼の衣装に目をやらずにはいられなかった。

未練を、認めざるを得ない。

そして認めたからこそ、すっぱり諦めて、着替えに専念できた。清潔な麻の感触が湯上がりの肌に心地よい。

「一体どうしたんですか。敖蒼様から、暇を出されたと……」

着替えを終えてから改めて尋ねると、振り向いた東陽は悲しそうな目をしていた。

「ええ、それが王宮に戻るようにと……ですが、お食事だけは私がずっと作って運ばせていたのです。他の海老などに、敖蒼様や虎之助様を満足させられる料理など作れませんから!!」

「……道理で、冷めてもおいしいと思っていました」

料理の味だけは落ちないはずだ。納得したところで、東陽がもっと悲しそうな目をした。

「それより、聞きました。虎之助様は、ここを出て行かれると……」

「……ええ」

ぎこちなかったが、なんとか笑顔を作れたと思う。

「……俺も……敖蒼様も……やっぱり身代わりじゃ、だめだったようです」

「そう、ですか」

東陽が切なそうな、それでいて少し嬉しそうな微妙な目をした。

「そうですか。やはり、身代わりでは、すまなかったと……」

「ええ、やっぱり好きなのは、本物ですから……」

結局のところ、東陽の双子説が正しかったということだ。

辣とニホンの関係は、互いの存在を知らない生き別れの双子。それぞれの世界で別々の生き方をすれば、まったく別の個性を会得する。

それでも二人して、しがみついていた。魂が近いのは、むしろ自分と敖蒼だったのかもしれない。

「これを」

物思いに耽《ふけ》る虎之助に向かって、東陽が布に包まれたものを差し出す。

「ささやかですが、私からの餞別《せんべつ》です。どうか何もおっしゃらず、受け取ってください」

結び目を開き、中から出てきたのは、路銀と思しき環銭《かんせん》だった。金や銀が使われているものもあり、辣にきてから金を使ったことのない虎之助でも、一目で高額だと分かる。他に、髪の色を隠すためと思われる頭巾まで用意されていた。

「こ、こんなにたくさん」

「ご安心ください、海老はなかなか高給取りなのです。……せっかく自由を得られたのに、野垂れ死にするのは嫌でしょう？　ささ」

いつにない強引さに、気遣いがありありと窺える。少しためらってから、虎之助は深く拱手した。

「ありがとうございます……ありがたく、いただきます」

そうだ、別に虎之助は死にたくてここを離れるわけではない。もう消える、などという都合のいい奇跡は期待できないのだから、つけ焼き刃の知識を元にこの国で生きていくしかないのだ。

「今まで、本当に」

「おやめください」

最後の挨拶《あいさつ》をしようとしたら、涙目の東陽に止められてしまった。

「私たちは、絶対に、また会えます。私の魂が、そう言っています」

つられて、虎之助も涙を誘われた。東陽が持たせてくれた荷物をしっかり抱えて、精一杯の微笑《ほほえ》みを浮かべる。

「……お会いしたいです。でも、今はここで。あなたに何かあったら、敖蒼様も悲しむでしょうから……」

「……虎之助様は、本当に本当に、優しい方です……」

感極まったように、東陽が嗚咽《おえつ》を漏らす。優しいのはあなたたちだ、と口の中でつぶやいた。

「それでは……また」

「ええ……では、また」

あえて選んだ言葉を交わし、東陽がさかんにこちらを振り返りながら去っていく。

小柄な体が向かっていく、あちらが王宮なのだろう。そう思いながら離宮に背を向け、頭巾で髪を覆って歩き出した。

付近の地理は、以前東陽に大雑把に教えてもらっている。南に向かって歩けば、小さな街に辿り着くはずだ。

「やっぱり優しいんだな、敖蒼様」

歩くたびにじゃらじゃら鳴る路銀の音を聞きながら、小さくつぶやく。

着替えや服を用意してくれたのは、東陽の心遣いだろう。

しかし、一度は暇を出した東陽に、虎之助は出て行くとわざわざ伝えた理由は。彼が餞別を渡しにくることを、止めなかった理由は。

「……あれ」

冷たい雫がぽろぽろと、頬を伝い落ちた。

どうしてだろう。確かに行き先に不安は残るが、最初から分かっていた結末を迎えただけなのに。しょせん身代わりでしかない男から、離れていくだけなのに。

たちまち頭の中に浮かんだ数々の言い訳も、切れ目なく流れる涙に流されていく。目元を拭いたいのにそうしないのは、東陽が奮発してくれた路銀が重いからだ。

嘘だ、と武道場で敖蒼が言った言葉が耳の奥で木霊《こだま》した。

そうですねと、今度は素直にうなずけた。もう、彼には聞こえないが。

「……姿が似ていれば、誰でもいいのか、俺は」

情けなさに、ふにゃりと顔が崩れる。こんなみっともない笑い方は、きっと蘭節はしないだろう。

「かわいそうな、敖蒼様……」

これをきっかけに、彼の正道に戻ってくれればいい。それだけを考えながら、黙々と歩き続けた。

先に話が通っていたのだろう。離宮の敷地外にぽつぽつと配備されていた兵士に咎《とが》められることもなく外に出て、近くの街を目指した虎之助の生活は、いくつかの偶然が重なって意外に順調なスタートを切った。

辿り着いた街は潑里《はつり》という、日本の感覚で言うと地方の中核都市というところだった。古びた瓦《かわら》屋根を持つ木造の長屋が所狭しと並び、虎之助と似たような服装の人々が大勢歩き回っている。

行く当てもないまま、たまたま行われていた市場をさまよった。途中大量の本を売っている男に行き会い、辣の知識を得られないかと興味を引かれて話しかけると、驚かれた。俺の地元の言葉をそんなに流暢に話せる奴は初めてだ、と。

聞けば辣は途方もなく国土が広いため、各地域で使われている言語はかなり異なっているのだそうだ。場所によってはまるで言葉が通じないこともあるため、片田舎《いなか》から出てきた男は商売がうまくいかず苦労しているらしい。

一つ思いついた虎之助は、何冊か本を譲ってくれることを条件に呼び込み役をかって出た。バイトが校則で禁じられているので、この手の経験はまったくなかったが、巨大な喪失感のためか妙に気が大きくなっていた。

すると道行く人々が、みんな虎之助の言葉に反応する。界渡門を潜《くぐ》ったことにより身についた虎之助の言語能力、というか意思伝達能力の高さがそれで証明された。

おかげである程度本も売れ、本売りの男からは「あんた学者か何かか」と尊敬のまなざしを浴びた。都合のいい誤解を利用することを思い立ち、「旅の学者です。辣中を歩き回って勉強中なのですが、おかげで大抵の言葉が分かります」と適当な設定を並べたところ、男は目を輝かせて食いついてきた。

そういうわけで現在の虎之助は、潑里の片隅にある商売人たちが集まった長屋の一室を与えられ、『通訳先生』もしくは『通訳大人《せんせい》』と呼ばれて重宝されている。請われるまま呼び込みや商品説明に立ち会い、時には役人との話を仲介したり難しい書類を読み解いたりと、大忙しだ。

「……意外に、なんとかなるものだなあ」

薄汚れた路地裏で石を並べて遊んでいる子供たちを見やりながら、虎之助は自室の椅子に腰かけて曖昧な笑みを浮かべた。板敷き間に本棚と寝台があるだけの寂しい作りだが、野宿を覚悟していたことを考えるとこれで十分だ。

膝の上には、ここを世話してくれた本売りの男が貸してくれた辣の歴史書が乗っている。離宮にあったものと違い、この街のように雑然としていて神話と歴史が混沌《こんとん》と入り交じっているが、読み物としてはなかなか面白《おもしろ》い。

「砕けた文章でも、ちゃんと分かるんだな。あとは文字が書ければ、完璧《かんぺき》なんだけど」

敖蒼ら応龍からすれば、召喚した異界人と問題なく意思疎通できるのは、あくまでおまけの能力だろう。それが身を助けてくれるわけだから、世の中というのはよくできているものだ。

だが最大の幸運は、少なくともこの溌里では、西非央が思ったほどの差別を受けていないことだった。

虎之助が生まれたままの髪をさらしていても、ちょっと珍しがられるだけで避けられたりはしない。この長屋の中にも西非央や、あるいは西非央の血を引く者は何人かいたが、彼らもごく自然に周囲に交じって暮らしていた。

「……やっぱり記録を読むだけじゃ分からないこともありますよ、敖蒼様。もっとも、あなたのおかげのようですけどね」

散々脅されたことを思い出して、一人で笑う。あまり長居する気はないので、意図的に知人を作らないようにしているため、最近めっきり独り言が増えていた。

そう、潑里の民が西非央に対して寛容なのは、敖蒼と羅貫の両方に共通する姿勢のためだという。

「西非央との融和政策か……もしかして最初、敖蒼様はそのためにわざと、蘭節さんを側仕えにしたのかな……」

自分の理想を示すため、まず自らが西非央に高い地位を与えたのかもしれない。

「……すっかり西非央嫌いになっちゃったかもしれないけど」

王子の幽閉先に近いぐらいだから、栄えているように見えても潑里は田舎だ。中央の情報などほとんど入ってこないが、敖白が登極するという噂《うわさ》は広がっていた。ただし華麗な式典を行うため、臨時税の徴収が行われるという話のほうに人々の関心は寄っていたが。

ずっと悪い評判しか聞いてこなかった羅貫が、敖蒼と同じ理想のために動いているとは驚きだった。だが臨時税の高さを考えると、あまり民の目線でものを考える為政者とは言えないようだ。

だから敖蒼には、がんばってほしい。

あの離宮を出て、同じ国内で通訳が必要なほどに広い国土に目を向ければ、きっと新しい出会いも見つかるだろう。

そこへ、とことこと近所の女の子が近寄ってきた。手に持った小さな饅頭《まんじゅう》を抱え、やけにじろじろと虎之助の顔を見つめながら口を開く。

「大人《せんせい》、通訳を頼みたいという人がきたよ」

「ああ、ありがとう」

最近はこの長屋の外から、飛び込みの依頼も増えている。『通訳大人』への橋渡しの駄賃として饅頭をやるなど、なかなか気の利いた客だと思っていると、女の子と入れ替わりに二人の若者が現れた。

途端に虎之助の体は凍りつく。

二人の姿には、明らかに見覚えがあった。

「虎之助!! よかった、無事なんだな!!」

お忍びのためか、市井の若者のように地味な服装ながら、顔を覆う頭巾を下ろせばそこだけ陽光が差しているような美貌《びぼう》が現れる。青灰色の瞳をきらきらさせながら、蘭節が駆け寄ってきた。

「随分捜したよ。倭台《わだい》にまで足を伸ばしたが、まさかこんな近いところにいるとは思わなかった。でも、見つけられてよかった……!!」

「蘭節さん……」

蘭節の登場に驚いたが、もっと驚いたのは彼と一緒に現れた人物だ。

「初めてお目にかかる。俺は長《ちょう》浪献」

ぺこりと深く拱手した男の、精悍《せいかん》な顔つき。硬そうな短い黒髪、がっしりした体格。

長身で鍛えていても、着やせする質《たち》なのかそこまで筋骨隆々とは見えない敖蒼と比べ、浪献は服の上からもはっきり分かるほどの偉丈夫だ。

どこもかしこも、虎之助が知っている〝彼〟と酷似している。何よりこの、安堵《あんど》感を伴う慕わしさ。

「申し訳ない。蘭節の顔を見て騒がれ、お前に逃げられてはまずいので、賄賂《わいろ》を使ったが……気に障ったか。あの饅頭は、結構うまいと思うんだが」

さっきの少女に饅頭を渡し、同じ顔の青年が訪ねてきたなどと口走らないよう仕向けたのは浪献だったらしい。気まずそうに鼻を搔く彼から、虎之助はつい目を逸らしてしまった。

「いや、ちょっと、初めてお目にかかるお顔では、なかったもので……」

分かっていたつもりだったが、こうして目にすると改めて動揺してしまう。やはり浪献は……、この世界の自分の恋人は、吉良泰之だったのだ。

「……そうだろうな。俺も、お前とは初対面の感じがしない」

どうやら浪献は、恋人と同じ顔に照れているようである。

浪献の照れが伝染し、気恥ずかしい気分になった虎之助だが、蘭節が浪献まで連れて訪ねてきた理由を聞かねばならないだろう。居住まいを正し、落ち着いて口を開く。

「……お聞きになっていると思いますが、俺は敖蒼様に出て行くよう言われたのです。一体なんの御用ですか」

「状況が変わった。敖白様にかかった術が解けたんだ」

「えっ!?」

切迫した蘭節の声に、内心の動揺が呆気なく露呈してしまう。顔色を変える虎之助に、蘭節は周囲を気にしてか声を小さくした。

「残念ながら、敖蒼様はやはり、敖黒様や私の説得では動いてくださらなかった。その上東陽様や、ついには君まで追い出されたと知って……敖黒様は一か八かの賭《か》けに出て、勝った。敖白様の魂を取り戻したんだ」

虎之助には伝わってこなかったが、一度追い返されたあとも、蘭節と敖黒は水面下で敖蒼に働きかけていたようである。敖蒼が不規則に機嫌を悪くしていたのは、彼らの接触が関係していたのかもしれない。

「羅貫が敖白様を操り、不正を働いてきたことは全て調べがついている。つい先日、羅貫は罷免された。だが奴もこのまま終わる気はないと、私有軍を使って大規模な反乱を企《くわだ》てている」

「……そんなことに……」

改めて潑里が田舎であることと、辣の広さを実感する。中央でそのような騒ぎがあったことなど、まったく情報が流れていない。あるいは意図的に、伏せられているのかもしれないが。

「敖蒼様は幽閉を解かれ、一時的に敖白様の指揮下に入り、羅貫を討つための準備を行われている」

「敖蒼様が……？」

「現在の龍太子は敖白様だし、羅貫がいまだ敖蒼様の龍性を封じているからね。離宮全体にかかっている封じの術は、他の術者が行っていたので解除可能だったんだけど……」

状況的には自然な流れなのかもしれないが、敖蒼の胸中はいかばかりか。それでも羅貫を排除する機会を逃すまいとする、彼の行動に胸が熱くなる。

「そして羅貫は、少しでも戦況を有利にするため、私と君の身柄を押さえようとしている」

感動していた虎之助は、意外な言葉に耳を疑った。

「……お、俺を？　どうして……」

「分からないか？」

答えを知っている目で、蘭節は虎之助を見つめる。ああそうか、とすぐに気づいた。

「そうですね。俺は蘭節さんと同じ魂を持っているわけですし……それに敖蒼様は、分かりにくいですが優しい方だから、無関係のはずの俺が巻き込まれたら心配されるでしょう」

考えてみれば当たり前だった。しかし蘭節は、なぜか悲しそうな目をした。

「……とにかく、帰ろう。敖蒼様が、待っている」

「……分かりました。事が収まるまでは、指示に従います」

虎之助としても、羅貫とやらに誘拐され、取引材料にされるなど本意ではない。すぐにうなずくと、てきぱきと荷物を作り上げる。元よりそろそろ移動を考えていたので、荷造りは簡単に終わった。

「念のため、顔は隠してくれ。さあ、行こう」

再び頭巾を被った蘭節に従い、虎之助も以前東陽が持たせてくれた頭巾を被る。前を蘭節、後ろを浪献に挟まれた格好で、虎之助は走り出した。

「しかし、虎之助……やはり倭台の名前だな」

人目を避けるため、器用に細い路地を選ぶ蘭節の背中を懸命に追っていると、後ろで浪献がつぶやくのが聞こえた。

「倭台？」

「東領海《とうりょうかい》を隔てた東の島だ。お前は蘭節より、体格も少し小さいものな」

後ろ姿を見比べる位置にある浪献は、顔が見えない分体格差を強く感じるのだろう。彼の言葉と、辣について集め続けた知識が頭の中で一つになり、ある結論に結びついた。

「そうか……やっぱりここは一種の、パラレルワールドなんだ」

倭台とは、位置関係と名前の響きからしてこの世界の日本に違いあるまい。ここは辣という名の中華風文化が、日本を含めた全ての国を席巻するという歴史を辿った世界なのだ。

敖蒼と図書室で過ごした時間を思い出す。日本にいた頃はそれほど歴史に興味を持ったことはなかったが、学者などと偽ったせいか、辣の歴史には少し興味が湧《わ》いてきた。

だが、あまり下手な研究などすると、敖蒼に怒られそうな気がする。想像して少し笑えるぐらいには、心の整理がついていた。

「……っ!!」

意識が逸れていたせいか、いきなり立ち止まった蘭節に思いきり鼻をぶつけてしまう。転倒しかけたところ、浪献が手を伸ばして支えてくれた。

「ら、蘭節さん?」

何事かと前を覗き込もうとしたら、厳しい顔をした浪献に制された。

「虎之助、動くな」

「浪献さん、どうし……」

「浪献様、虎之助を連れて逃げてください!!」

鋭く叫んだ蘭節が、隠し持っていたらしい剣を抜く。そこに至って虎之助も、状況の異変に気づいた。

いつの間にか、潑里の郊外まで出てきたようだ。周囲の建物が減り、路地裏というよりはもう少し開けた、整備されていない平原を走っているような状態なのだが、気づけば虎之助たちと同じように頭巾を被った男たちに包囲されている。

「羅貫め、俺たちを尾行していたのか」

歯噛みした浪献の腕が、虎之助を抱え上げる。それを合図に蘭節が、剣を構えて一人の敵に斬りかかった。

「ぐっ」

敵もそれなりの手練《てだ》れと思えたが、蘭節の剣技が上回る。あっという間に数人を切り伏せたが、やはり相手の数が多い。

虎之助も参戦したいところだが、日本から持ってきた竹刀さえない状態だ。せいぜいおとなしいお荷物として、震えているしかなかった。

膠着《こうちゃく》した戦場に、知らない声が響いたのはその時だった。

『何をしている。さっさと蘭節を捕らえろ!!』

術を使ったものだろう。どこか現実味のない、鼓膜を通さない声が心を圧迫する。

突然視界が白く濁った。ぎょっとして目を擦るが、一向に改善されない。

「羅貫、やめろ!!」

浪献の悲鳴が聞こえ、彼の腕の感触が離れた。白い闇《やみ》の中、一人取り残されてしまう。

「嫌だ！　浪献様……!!」

すぐ近くで蘭節の声が聞こえた。視界が効かないせいか、同質の魂の絶望が鮮明に伝わってくる。

彼に何かあったら、敖蒼も浪献も悲しむ。そして、身動きできなくなる。

それだけはだめだと思い、無我夢中で手足を動かした。何かに指先が引っかかり、それを押しのけて、精一杯凛《りん》と叫ぶ。

「羅貫、私はここだ!!」

覚えていられたのはそこまでだった。

辣に連れてこられた時と同じように、五感が閉ざされる。かと思ったら世界が極彩色の光に溶け落ちる。見えない神の手でもみくちゃにされながら、虎之助は意識を失った。

遠くのほうで、龍一か、敖蒼か、どちらか分からない声が自分の名を叫んだような気がした。


硬くて冷たい石床の感触がする。あまり換気のされていない、黴《か》びた空気が鼻先をくすぐった。

「同じ西非央のよしみで、大役を任せてやったというのに……」

中年の男の、恨みがましい声が頭上から降ってきた。

「おい、聞いているのか、起きろ蘭節!!」

叫び声とともに、腹部に鮮烈な痛みが走った。靴先が内臓に埋まる衝撃に息を詰めながら、顔を歪めて瞳を開ける。

どこだか分からない、薄暗い部屋の床に虎之助は転がされていた。手は後ろ手に縛られており、足も両足を揃えた状態で縛り上げられている。

虎之助を蹴ったのは、あちこちに宝石があしらわれた派手な辣服を着た男だった。冗談のように青い目で、しげしげとこちらを見つめている。

派手なのは服装だけではなく、顔の作りも獅子《しし》のたてがみのような黄金の髪も、とにかく目立つ。年齢は四十代以上と思えたが、発するエネルギー量は草食系と言われる今時の若者の比ではない。

と、怒りに歪んでいた男の表情が驚愕に傾いた。

「貴様……蘭節ではないな!?」

一方虎之助は、腹を蹴られた痛みも忘れて男の顔を見つめ続けていた。

彼の顔には見覚えがない。遊び慣れたずるい男は、後の物証となるかもしれない写真を一切残していなかったという。

だが、亜希子に伝え聞いた容姿。彼女と近い魂を持っている敖白に術をかけ、操っていたという関係性。そして今相対したことで覚えた親近感と、同時に高まる激しい反発。嫌悪感。

「……父さん……？」

「は？」

太い眉をしかめ、中年男が鼻を鳴らす。……そうだ、分かっている、彼は虎之助の実父であるイタリア人ではない。

羅貫。西非央であり、全ての元凶だ。

「……俺が偽者だと、今ごろ気づいたのか、馬鹿め」

自分でも憎々しい、と思うほど、敵意と嘲《あざけ》りに満ちた声が喉《のど》から漏れた。

同時にさり気なくあたりを見回せば、武装した兵士に取り囲まれてはいるが、蘭節も浪献も姿が見えない。咄嗟《とっさ》の身代わりは、うまくいったらしい。

「貴様、虎之助のほうか!!　くそっ！　身代わり風情では、餌《えさ》にならんではないか……!!」

黄金の髪を振り乱し、羅貫が忌々しげに舌打ちする。虎之助のことはすでに知られているようだ。

「……ああ、そうだ。残念だったな、羅貫」

心から愉快に思いながら、虎之助はわざと挑発的な態度を取り続けた。

蘭節ほど強力な餌ではないが、それでも敖蒼を動かしてしまう可能性はある。理由は先ほど、蘭節に説明したとおりだ。

だから、足手まといにならないうちに羅貫を怒らせたい。怒らせて、役立たずとして始末されたい。

別に死にたくはない。こうなったら辣で第二の人生を謳歌《おうか》してやろうかと思っていたが、万一自分が原因で羅貫が返り咲いたりすれば、きっとこの国はめちゃくちゃになってしまうだろう。

西非央への差別を緩和しようとしたのも、自分の地位を強固にするために違いない。

……敖蒼とは違う。絶対に違う。

「だが……そうか、異界人。ニホンからきた、のだよな」

しかし、風向きは思わぬ方向に変化し始めた。それまでひたすら怒り、焦っていた羅貫の口元に質の良くない笑みが浮かぶ。

「立たせろ」

途端に兵士たちの手が伸びてきた。逆らう暇もなく、無理やり直立不動の状態にされる。

「触るな……！」

怒らせるためではなく、本気の嫌悪感から虎之助は叫んだ。残念ながら左右の兵士に挟まれた状況ではまともに抵抗できず、羅貫の手にあごを掴まれてしまう。

「異世界からきた神の子、傲慢な龍の支配を覆す……ふん、いい。実に、いい。阿呆《あほう》の敖白よりは、見所のある面構えをしているしな。異界人は龍気にも鈍感だというし……」

恐ろしい筋書きが彼の唇から漏れた。

敖白に去られた今、虎之助をその代わりにしようというのか。蘭節の身代わりをやっと終えられたと思ったのに、冗談じゃない！

反駁《はんばく》したいが、一体どうしたのだろう。

体に力が入らない。いつしか、両脇《わき》を固める兵士たちに支えられて立つ状態になっていた。

「虎之助、お前も十分に思い知っただろう。辣を支配する龍の横暴さを」

爛々《らんらん》と光る羅貫の青い目から、瞳を逸らせない。耳から心へ忍び込もうとする声に、抵抗できない。

「お前が生きていた世界は、ここはまるで違う思想で動いていたはずだ」

「……っ⁉」

おかしな術を使うとは聞いていたが、まさかそんなことまで知っているのか。

「私もごく薄くではあるが、龍の血を引いているからな。ああ、界渡門を開くほどの力が私にあれば、お前の国も征服してやるというのに……」

意外な事実を口にした羅貫から立ちのぼる、強烈な力の波動。

どうやら彼の力の源には、龍気があるらしい。だから応龍だけが使えるという界渡門とその先の異世界について、知識を持っているのだろう。

「お前をもてあそび、しょせんは身代わりと呆気なく捨てた、あの傲慢な敖蒼に復讐《ふくしゅう》してやろう。龍王家の支配による辣中心主義は長く続きすぎた。西非央などと呼ばれ、蔑《さげす》まれてきた我らが次の歴史の担い手となるべきだ。そう思わんか？」

一応の筋道は通っている。

もしかすると父にも、言い分があったのかもしれない。閉鎖的な日本社会に馴染めず、そのために亜希子と添い遂げることができなかったのかもしれない。

だが、父とこの羅貫は別人だ。そして羅貫の言葉には、態度による裏づけがない。

「……そんな理想を持っているのか。なら、どうして、西非央との融和政策を掲げていた敖蒼様を陥れた」

そんなことか、と羅貫は軽く笑う。

「奴の言うことを本気で信じているのか？　そんなはずはない、あいつは傲慢な龍」

「本気でなければ、西非央である蘭節さんをあんなに愛せるはずがない。……そしてあんたが本気で西非央の差別撤廃だけを願っているなら、素直に敖蒼様を担げばよかったはずだ」

なのに羅貫は、より操りやすそうな敖白に目をつけ、彼を操っていたという。この一点だけで、語るに落ちているではないか。

「確かにあんたは、西非央の地位を引き上げたかったかもしれない。だがそれは、龍と肩を並べるためでなく、龍を支配する側に回るためだろう？」

行き過ぎた辣中心主義には虎之助も若干辟易《へきえき》もするが、羅貫はそれを笑えないはず。

「辣中心主義があんた中心主義に変わるなら、何も変わらない。それならまだ、龍の支配のほうがましだ!!」

「……ほざけ、餓鬼《がき》が!!」

見せかけの優しさをかなぐり捨てた羅貫が、感情に任せて手を振り上げる。力一杯平手打ちされ、頬と耳がじんじんした。

思うつぼだと、口の中に血の味を覚えながら小さくつぶやく。

術など使わせない。この男の操り人形になるなんて、絶対に御免だ。

しかし羅貫は、虎之助の態度から余計なことまで探り取ったようである。

「……なんだ、貴様……あんな扱いをされておいて、ずいぶん敖蒼に肩入れしているようだな」

「！」

かまをかけられたのかもしれないが、反応を止められなかった。狼狽《ろうばい》して目を伏せる虎之助を見つめて、羅貫は低く笑う。

「なるほど、抱かれるうちに情が移ったか。……この顔が好きか、虎之助」

いつかの敖蒼のようなことを言った羅貫の顔が変わる。

声が変わる。

目の前に『敖蒼』が立って、嘲笑《ちょうしょう》に口元を歪ませていた。

「やめろ！」

分かっている。これは羅貫の術だ。

分かっているのに、久しぶりに見た敖蒼の姿に逸《はや》る心臓を抑えられない。

「どうした？　お前の愛《いと》しい男の姿だぞ。なぜそのように、拒絶する」

「違う。お前なんか、敖蒼様じゃない……やめろ、あの人を穢《けが》すな!!」

敖蒼だけでなく、龍一まで羅貫に穢された気分だ。逃れようと必死で身もがいたところ、不意に拘束が解かれた。

「うわっ」

『敖蒼』の合図で、左右の兵士が手を放したのだ。その場に尻餅《しりもち》をついてしまった虎之助の肩を、『敖蒼』は軽く蹴って後ろに倒す。

縛られた両手の結び目に体重がかかり、ひどく痛んだ。その上『敖蒼』が、仰向《あおむ》けに寝転がった状態の虎之助の腰をまたぐようにして立ったのが見えた。

「脱がせろ」

『敖蒼』の命令で、兵士たちの手が伸びてくる。麻の繊維が引きちぎられ、薄く筋肉のついた胸が露出した。

何をする気か、分かりたくないのに分かってしまった。

「滑稽《こっけい》な、そして哀《あわ》れなことだ。身代わりとしての節度さえ守れぬとは……浪献への愛を貫きとおした蘭節とは、なんと違うことか」

神経に丁寧にやすりがけするような言葉さえ、気にならない。気にしていられない。未曾有《みぞう》の恐怖に、奥歯がかちかち鳴り始めている。冬に入り始めたこの時期、露出した肌は寒いのに、全身がどっと冷や汗を噴いたのが分かった。

辣に召喚されたばかりの時、本物の敖蒼に犯された時も怖かった。だが、後ろめたい喜びも禁じ得なかった。

今はただ、怖い。

『敖蒼』の姿を真似た異世界の父に犯されるなど、虎之助の想像の範疇《はんちゅう》にはない。そんなことをされたら、きっと気が狂《ふ》れてしまう。

「ご、敖白様も、こんなふうにして、操ったのか……？」

少しでも時間稼ぎをしたくて口走った言葉を、『敖蒼』は鼻で笑い飛ばす。

「敖白？　ああ、あれは逆だ。実の弟の道ならぬ愛に怯《おび》えていたからな。節度を守った、優しい弟の幻影を見せてやればころりと落ちた」

同性間の恋愛は容認されている辣でも、近親間のそれは違うらしい。だったらあんたもやめろ、と言いたいが、通じないだろう。羅貫は虎之助の父でも蘭節の父でもないのだ、この世界では。

しかし敖白にそんな幻影を見せていたのなら、敖黒はどうやって敖白を取り戻したのだろうか。まさか彼は心を改め、道ならぬ恋を諦めたのだろか。あの敖黒が？

現実逃避でしかない思考の暴走を、下りてきた『敖蒼』の声が無情にせき止める。

「だがお前は、そのような幻影を求めてはいまい？　この顔の男に愛され、求められることを望んでいるのだろう？」

見せつけるようにゆっくりと『敖蒼』が膝を折る。指先がすっと胸を撫でる、その感触だけで吐き気を覚えた。

「嫌だ、やめろ、お前なんか敖蒼様じゃない、嫌だ、嫌だ、嫌……!!」

叫んでも、暴れても、この姿勢では背中に敷いた手首が痛むだけだ。哀れな抵抗が面白いのか、『敖蒼』はくっくっと喉を鳴らした。

「哀れな虎之助。大丈夫だ、夢を見せてやる。敖蒼が蘭節ではなく、お前を選ぶ美しい夢をな!!」

敖蒼に選ばれる。それが今の自分にとっての、美しい夢なのか。

みじめさに泣きたくなった瞬間、視界が白く濁った。羅貫が強力な術を使う時、対象者はこの闇に落とされるらしい。

一瞬の混乱の隙《すき》をつき、精神の壁を破って侵入した得体の知れない力に、心が圧搾されていく。

ぎりぎりと挟まれ、絞られて、苦しい恋も流した涙も全て奪われていく感触がした。

そんなものはないほうが、幸せなのかもしれなかった。いっそなくしてしまったほうが、何も考えずに笑っていられるような気がした。

「敖蒼様」

呆けたように彼を呼ぶ。

龍一ではなく、迷いなく彼の名を選んだ唇が愛しいと思った。

でも、これで終わりだ。

そう確信した時、また唐突に視界が開けた。

「――!!」

音のない咆哮《ほうこう》が皮膚と魂をびりびりと震わせている。

はっと目を見開くと、先ほどと同じ薄暗い部屋と、慄然《りつぜん》とした羅貫の顔が見えた。『敖蒼』の幻術は解いたか、あるいはこの声に解かれてしまったのだろう。

それでも、ちゃんと立っているだけ羅貫は立派だ。他の兵士たちは、口から泡を吹きながら軒並み失神している。

「馬鹿な……この、龍気は、ご」

震える羅貫の独白は、破壊音にかき消された。

外に面した石壁が、子供が積み木の城を崩すように簡単にがらがらと崩れる。そこからどっと、雨を乗せた風が吹き込んできた。

「な、な……」

膝を笑わせながら、羅貫が後ずさる。虎之助も全身を押さえつける力と雨風に顔をしかめつつ、どうにか上体だけ起こして破壊された壁の外を見た。

二階建てほどの高さがある部屋に自分たちはいるようだ。周りには他の建物も山も丘もなく、遮蔽物《しゃへい》なしに広がる空は面白いほどくっきりと色分けされていた。

八割方は、黒い雷雲に埋め尽くされている。その下では激しい雷が轟《とどろ》き、雨が水の槍のように地面を穿つのが見えた。

だが空の中心部は円状に明るく開け、満月が清らかな輝きを放っている。

その光を浴びて、三色の鱗《うろこ》が宝石のようにまばゆく光り輝いていた。

「ご、ごうそ……応、龍」

東陽が言っていたことは、やっぱり全て正しかったのだと心から実感した。

銀鱗湖などにはとても収まらない、巨大な青龍がしなやかな体をくねらせながら空を舞っている。

その背で誇らしげに羽ばたく鷹《たか》の翼。応龍は別名『鷹龍《おうりゅう》』とも書き、猛禽類《もうきん》のような翼を持つのが特徴だと、離宮で読んだ本にも書いてあった。

空中に在るのは青龍だけではない。何度か目撃した白龍と黒龍も、兄の左右を固めるように寄り添っていた。

しかし、あれだけの巨体と存在感を放っていたはずの白黒の龍が、完全に脇役だ。最高位の龍が放つ気の前には、誰もがその前にひれ伏すしかない。

縛られたまま、虎之助は心が命じるままに頭を垂れたが、羅貫はまだ抗《あらが》っている。ある意味、見上げた根性だ。

「馬鹿な……龍性は、封じて」

さすがに幻術を試すまでの勇気はないようだが、現実を認められない発言を繰り返している。濡れて貼《は》りつく黄金の髪を払い除けようともしない羅貫を、青龍の瞳がぎろりと睨んだ。

『痴《し》れ者めが。いつまでも貴様ごときの術が、守るべきものを見定めた俺に通用すると思うな!!』

魂に直接響く、敖蒼の声。

同時に一際激しい雷鳴があたりに響き渡った。

「ぐっ……!!」

すでに半壊した状態にある建物を、轟音《ごうおん》が続け様に揺さぶる。羅貫は必死に両手を突き出し、防御壁のようなものを生み出して対抗しているが、完全には防ぎ切れていないようだ。髪の先が焼けて丸まり、不愉快な臭いを振りまいている。

一方頭を垂れた虎之助は、床を見つめて覚悟を決めていた。

敖蒼は仇敵《きゅうてき》を始末するために、わざわざ出向いてきたのだろう。このまま羅貫と一緒に、怒れる龍が操る雷によって死を賜っても不思議ではない。

しかし、一向にその時は訪れない。それどころか、雨も風もやんだ。雷の音も聞こえな

い。

不審を感じて顔を上げると、いつの間にか手を下ろした羅貫も釈然としない様子だ。

「なぜだ……？　龍気はむしろ、以前以上にみなぎっているのに、なぜ全力で……敖蒼!?」

上ずった声を上げた羅貫が、飛び出しそうなほど目を見開いている。気づけば崩壊した壁のすぐ側に、人の姿を取った敖蒼が立っていた。

衣服を裂かれ、雨風にびしょ濡れになった虎之助と比べるべくもない、威風堂々とした佇《たたず》まい。華麗な辣服を着崩したりせず、きっちりと着こなしているせいもあるだろう。強大な龍気と王威を身にまとったその姿は、龍一とはまるで異なる帝王の魅力に満ちていた。

この人が、いやこの方が、空《くう》敖蒼。東陽が心を捧げるにふさわしい、龍の中の王。辣の人間ではない虎之助も、なんの疑いもなくそう思えた。

「……ふん。貴様の始末などに、全力を出す必要はないからだ」

羅貫に対しては冷ややかに言い切った敖蒼が、続けて自分を見るのを虎之助は感じた。彼の表情を確認するのが怖くて、思わず床に視線を逃がす。

「ら、蘭節!!」

敖蒼が何か言う前に、羅貫が大声を出した。同時にいきなり腕を掴まれ、羅貫の胸に背を預けるような格好で無理やり立たされる。

「近づくな、お前の大切な蘭節がどうなってもいいのか!?」

どうやら羅貫は、敖蒼は蘭節が拉致《らち》されたと誤解しており、そのために自分たちを全力で攻撃できないと考えているらしい。虎之助もさっと青ざめ、そこだけ自由な首を懸命に振る。

「敖蒼様、だまされてはだめです！　俺はっ」

否定しようとした瞬間、視界が白く濁り始める。背後の羅貫が、また小賢しい術を使うつもりなのだろう。

冗談ではない。どうにかして逃れようと身をよじった虎之助だったが、次の瞬間いきなり羅貫の腕から力が抜けた。

「うわっ……!?」

おかげで羅貫の腕からは抜け出せたものの、勢い余ってつんのめりそうになってしまう。そこに延びてきた敖蒼の腕が、すばやく虎之助を支えた。

「な……敖蒼」

羅貫の驚愕した声を背中で聞きながら、敖蒼の胸に抱き込まれる。

「貴様、貴様の心の中には、もう、蘭節は」

かっと目を剝いた敖蒼の全身から、虎之助にも分かるほどの凄まじい龍気がほとばしった。

「黙れ!!」

莫大な龍気は一条の稲妻《いなづま》と化し、至近距離から羅貫を打ち抜く。

「ぎゃ……!!」

一見、外傷はなかった。建物ごと震わせるような雷をどうにか防いだ羅貫であったので、今の攻撃も耐えたのだろうかと、一瞬危ぶんだほどだ。

だが次の瞬間、羅貫はつーっと口の端から血の筋を垂らした。そして鼻から黒煙を噴きながら、無機物のようにばったりとその場に倒れた。

「俺があとで、自分で言うんだ。余計なことを口走るな……!!」

敖蒼が憎々しげに吐き捨てた声は、羅貫はもちろん、突然の出来事に愕然としている虎之助の耳には届かなかった。

「……あ……」

呆けたように異界の父の顔を見下ろしていると、不意に濡れて鳥肌立った肩にぬくもりを感じた。敖蒼が自分の上衣を脱いで、そっと羽織らせてくれたのだ。

「敖蒼様……いいです、こんな高価な」

恐縮して断ろうとした言葉が途切れる。敖蒼の指先が頭皮に貼りつく金茶の髪や、顔の輪郭を確かめるようにゆっくりと撫でていく心地よさに全ての感覚を持って行かれた。

「ひどい有様だが……まだ、致命的なことをされたようではないな。なんとか間に合って、よかった……」

安堵の息を吐くその顔は、この上なく優しい。およそ見たことのない表情が、不安を煽《あお》った。

「あ、あの俺、虎之助です」

蘭節が助かったゆえの安堵ならば申し訳ない、と思ったのだが、敖蒼はあっさり言った。

「知っている」

え、と目を丸くした虎之助の耳に、複数の呼び声が聞こえてきた。

「虎之助！」

「虎之助様!!」

蘭節と浪献だ。半泣きの東陽も駆けてくるのが見える。混乱している虎之助の腕と足から、不意に縄の食い込みが消えた。

「話はあとだ。とにかく着替えろ」

虎之助の戒めを解いた敖蒼が、いつもの調子に戻って命令する。気づけば空から黒雲は消え去り、白と黒の龍も姿を消していた。

蘭節の説明によると、ここは使われなくなった古い砦《とりで》なのだそうだ。打ち捨てられ、廃墟《はいきょ》も同然のこの場所に羅貫は立てこもり、再起を図っていたのだとか。

砦の中央部には、数十人が集まって集会を行える広間がある。術で体を乾かしてもらった虎之助は敖蒼たちに促されて場所を移し、泣きじゃくる東陽に「今日だけはお願いします！」と言われるまま、着替えさせてもらっていた。

「足はそれほどでもないな。手の傷はこれを塗っておけば、すぐに塞《ふさ》がる」

縄で擦られた手首には、浪献が太い指を器用に動かして青臭い匂いがする軟膏《なんこう》を塗ってくれた。

「ありがとうございます」

「何、蘭節のやんちゃで慣れている」

「浪献様！」

世話を焼かれる虎之助を微笑ましそうに見ていた蘭節が、いきなり自分の話をされて慌てた顔をした。だが浪献は、軽快なウインクなど飛ばしてみせる。

「虎之助、こいつはお前を弟のように思っているらしい。そのせいかお前の前ではやけに取り澄ましているが、昔は手のつけられない暴れ者でな。あっちこっちに生傷を作りまくって、おかげで俺は塗り薬を塗るのが」

「浪献様、余計なことを言わずにさっさと手当てをなさってください!!」

顔を赤らめた蘭節が、ぴしゃりと浪献の背を叩く。いてえよ、とぼやきながらも、浪献はなんだか嬉しそうだ。

敖蒼の前ではいつもかしこまり、毅然《きぜん》とした態度を崩さなかった蘭節のすねた顔はきれいというより可愛く見える。

こういう顔をさらすことができる相手に、先に出会ってしまったのか。ならば敖蒼がついにはその心を摑めなかったのも、仕方がない。

「蒼兄上、大丈夫だ、抵抗するような馬鹿はいない」

そうこうしているうちに敖黒が、広間の中央であれこれと指示をしている敖蒼に報告しているのが聞こえてきた。当然ながら、人間の姿に戻っている。

「それはよかった。羅貫の阿呆に従ったとはいえ、奴らも辣の民には違いない。裁きは必要だが、奴の術を鑑《かんが》みて、ある程度の減罪は考慮すると伝えろ」

「はい、それがいいと思います、敖蒼兄様」

不安そうな表情から一転、花がほころんだように笑うのは、敖黒と同じ顔をした青年。身長も体格も、見事に同じである。

ただし彼の髪は銀というより白髪で、目の色も血の色が透けた赤だ。アルビノの白龍は、兄の寛大な処置がひどく嬉しそうだった。

「……羅貫様の術は、強大です。僕のように一応龍の血を引く者でも、逆らうことは難しかった。兄様がおっしゃるとおり、目が覚めればきっと、自分たちの過ちに気づいてくれるでしょう」

いかにも人のいい、素直な微笑み。顔の作りは同じでも、大きく表情が変わるため、無表情に近い敖黒とはまったく印象が違った。

間違いない。敖白はやはり、亜希子と同質の魂を持っている。そのせいか、虎之助は一目で彼に親近感を持った。

「白兄上がそう言うなら」

敖黒は処置自体にはあまり反応しないが、敖白の喜びには反応した。以前と変わらない態度から見ると、一体どうやって弟の愛に怯えていたという敖白の魂を取り戻したのか疑問を覚える。

「虎之助、着替えはすんだか」

双子の様子を見やりながら帯を調整していた虎之助は、なんでもないような敖蒼の声に飛び上がりそうになった。東陽は、心得顔でそっと後ろに下がる。

「だ、大丈夫です。それより、あの、羅貫……は」

「殺してはいない。奴には正式な場で、いろいろと証言してもらう必要がある。処分はそのあと決める」

冷静に、敖蒼が答える。羅貫に対しては相当怒りを覚えているはずだが、彼の処置は内心はどうあれ、寛大で公平だった。

敖白もそう思ったのだろう。赤い瞳に敬愛と決意を満たして、兄を見つめる。

「敖蒼兄様、この場で龍太子の座をお返しします」

「……敖白」

ためらう敖蒼に、彼は小さく首を振る。敖蒼には散々人がいいだけの阿呆呼ばわりされていたが、その瞳には揺らがぬ一本の芯《しん》が見えた。

あるいはそれを与えたのは、敖黒だったのかもしれない。

「僕を龍太子にした羅貫はいなくなりました。いいえ、最初から、頼りない僕などに務まる大役ではなかったのです。龍太子に戻って……立派な龍王に、おなりください」

そして、ぎゅっと拳《こぶし》を握った。

「そして僕も、羅貫と一緒に罰を受けます」

「白兄上！」

途端に、敖黒が顕著な反応を示した。相変わらず表情はあまり動かないが、かすかに震える声がその内心を物語っている。

「白兄上に何かあったら、俺は生きていけない。だから白兄上に罰など受けさせない。俺が魂を込めて証言すれば、きっと皆分かってくれる」

「……ありがとう、敖黒。でも、けじめを」

「敖白、敖黒」

うんざりした顔で、敖蒼が二人の世界に割り込んだ。

「敖白が羅貫の術にかかっていたことは明白だ。お前の証言は贔屓《ひいき》が入りすぎていて証拠扱いできないが、他にも多くの証言がある。大した罪にはならんだろうさ、安心しろ」

近親愛の成就にはやはり思うところがあるのか、敖蒼の表情は複雑そうだ。それでも弟たちの仲を裂く気はないらしく、代わりにこう命じた。

「虎之助に話があるので、俺たちはしばらく別室に行く。お前たちはここに残れ。蘭節、浪献、東陽、お前たちもだ」

ほのぼのとしたやり取りに温まっていた心が、また冷たい雨に打たれたようだ。心臓がぎゅっと縮こまる。

「あの……助けていただいた御礼なら、ここで」

「……それも含めて、話がある。いいからこい」

問答無用で命じる声は、慣れ親しんだもの。それに少しだけ安心しながらも、不安は拭い切れない。

迷っている間にも、敖蒼は歩き出してしまった。広い背を追う勇気を出せず、二の足を踏んでいると、自分のものであって自分のものではない声が聞こえた。

「きっと大丈夫だよ、虎之助。行っておいで」

魂の双子である蘭節が、大きくうなずいた浪献と一緒に力づけてくれる。

「大丈夫です、虎之助様。敖蒼兄様は、優しい人ですから」

亜希子の面影《おもかげ》を持つ笑みを浮かべ、敖白も声をかけてくれた。普段は幼く守ってやりたい雰囲気なのに、こういう時には妙に頼もしく見えるところも同じだ。

「蒼兄上、がんばれ」

敖黒は、どんどん歩いていく敖蒼のほうにエールを送った。

「……うるさい、お前に言われるまでもない」

少々距離ができているのだが、全部聞こえているらしい。ぶっきらぼうに吐き捨てた敖蒼を、虎之助は意を決して追いかけた。

敖蒼が話し合いの場として選んだのは、別室ではなく正確に言うと砦の外だった。見張りを立てるためらしい露台に出て、静かに虎之助を振り返る。

先ほどまでの雷雨の名残は足元の水たまりに残っているが、澄みきった夜空には雲一つない。冴《さ》え冴《ざ》えと光る満月が、心の底まで照らすような輝きを放っている。

この光の下で、嘘は許されない気がした。

「虎之助」

名前を呼ばれただけで、緊張が心臓を鷲掴《わしづか》みにする。

「怪我《けが》はないか」

「あ、ありがとう、ございます……大丈夫です」

浪献が塗ってくれた薬には確かに効果があり、丁寧に塗り込められた段階でひりひりするような痛みは消えていた。何よりこの緊張で、痛みなど感じる暇がない。

だから、そんなに優しい目で見るのをやめてほしかった。そっちのほうが、よほど体に悪い。

「あの……も、申し訳ありません。お手を、わずらわせて」

とにかく何か言わねばと口を開けば、呆気なく肯定される。

「まったくだな」

予測していたはずの答えが肌を刺す。でも、大丈夫だ、予測していたから。

「……そうですね。本当に申し訳ありません」

「どうして蘭節の代わりにさらわれるような真似をした？　お前でもあいつでも、俺たちが助けにくるという結果は変わらんというのに」

今のはなんだろう。

予想していなかった言葉が聞こえた気がする。

「敖蒼様……？」

「聞こえなかったのか、耳が遠くなったか？　それとも、近くで応龍の雷など落としたからか？　お前は避けたつもりだったんだがな」

むっとした顔で、敖蒼が早口に嫌味を飛ばしてきた。ただし、いかにもその怒りは作り物めいていた。

「き、聞き間違い」

「聞き間違いじゃない」

「言い間違い」

「言い間違いじゃない。……俺を阿呆扱いする気か、いい度胸だな、虎之助」

何度も聞き返したものだから、本気でむっときたようだ。敖蒼の声が低くなったが、虎之助が怯える前に彼の口調はさらに変化した。

「思えば最初から、お前は蘭節とはまったく違っていた。あいつは俺の前ではいつも緊張して、かしこまっていて、木刀で抵抗したりはしてこなかった……」

浪献に昔のことを口にされ、赤くなっていた蘭節の反応を思い出す。

龍一が亜希子には自分へと違った顔を見せる、それに気づいたのが苦しい恋の始まりだったことも併せて思い出した。

でも今は、あの苦しさを思い出せない。

敖蒼のこと以外考えられない。

「その前に聞きたい。お前は、ただの人間だな」

また、想定外の質問がきた。

「は、はい……異界人ですが」

どういう答えを求められているのかと戸惑いながら、とりあえず簡潔に答える。龍性を持つ敖蒼たちなどとは違って、自分は「かっこよくて強くて日本男児って感じ」という亜希子のフィーリングによって虎の字を贈られただけだ。

「では、俺になんらかの術を使ったのか」

「え？　い、いいえ、覚えがありません。治癒術があると便利だな、と思いますが……」

生憎《あいにく》と雨も風も操れない。混乱の余り埒のない希望まで口をついたが、敖蒼はあまり虎之助の言葉を聞いていないようだった。

「そうか。そうだよな……」

一人で勝手に納得した敖蒼が、やにわに虎之助の目に視線を据える。

「俺は蘭節が好きだった」

「……知ってます」

いまだに話の流れが分からないものの、今の言葉はよく理解できた。指先に力が入るのを感じながら、うなずく。

「あいつの心がほしかった。浪献より俺を選ぶと言われて、嬉しかった。だが、嘘だった」

「……そのようですね」

これにも相槌を打つしかない。

「だからお前を召喚した。『蘭節』と同じ姿、同じ魂を持つお前を俺以上に傷つけて、捨ててやるつもりで」

「ええ、だろうと思いました」

一番最初に敖蒼に宣言されたから分かっている。話が自分のことに移り、少し気が楽になったのだが、どうしたことか敖蒼はだんだんつらそうな表情になってきた。

「あの、でも、俺はあの時嬉しかったですよ？」

大切な人たちを傷つけずに、日本から消してもらえて感謝している。その気持ちは、今も変わりない。

「……そうだな。あの時のお前は、『龍一』を愛していたから」

微妙な表現に、頬が一気に熱を持った。そのくせ、胸の中を冷たい冬の風が吹き荒れる。もしかして、敖蒼はとっくに虎之助の気持ちに気づいていたのか。その上で、ああいう仕打ちをしてきたのか？

「俺も、お前が『龍一』に惚《ほ》れていると聞いた時、嬉しかった」

立ち尽くす虎之助をよそに、まだ敖蒼の話は続く。

「だが、だんだん、つらくなってきた」

再び話の流れが変わった。

敖蒼の顔を見られず、微妙に視線を背けていた虎之助は、はっとして目を上げる。漆黒の瞳が間違いなく自分を、虎之助の魂を見つめているのが分かった。

「それがなぜなのか、ずっと分からなかった。……いや、分からないふりを、していた」

「ご……」

不意に腕を引かれ、強く抱き締められる。反射的に抵抗しようとしたものの、敖蒼の匂いと体温が五感を満たしている。腕にも足にも力が入らず、唇はわななき、心臓だけが早鐘を打ち続けている。

直接素肌を合わせ、この暗闇の中でも口にできないような行為を重ねてきたはずだ。なのにたったこれだけの接触で、どうにかなってしまいそうだった。

「敖蒼様、あの、こ、これ、説明」

「後戻りできない言葉を言う前に、先に伝えておきたいことがある」

後頭部から降ってくる敖蒼の声が、やけに重々しく聞こえた。

「お前を元の世界に戻せないと言った、あれは嘘だ」

「……え？」

武道場にて聞いた、虎之助を傷つけるためだけの醜悪な嘘だと思っていた。だが、本当だったのか。

帰れるのか。失った日常へと、龍一と亜希子がいるあの生活へ。

「まだ、お前とニホンの繋《つな》がりは残っている。とはいえ、ただ戻すだけだが……今なら……逃がしてやれる」

金茶の髪に顔を埋めるようにして言った敖蒼は、ゆっくりと虎之助から体を離した。

「だから、帰りたいなら言え。お前がまだ、龍一を愛しているなら……帰してやる」

虎之助は薄く唇を開けて、しばらく馬鹿のように彼を見つめた。

そして手を上げて、どん、と強く、敖蒼の胸を叩いた。敖蒼がちょっと目を見張ったが、何も言わない。

たぶん俺が泣いているからだな、と人ごとのように思った。そうでもしないと、やっていられなかった。

「龍一さんは、そんな意地悪言わないんですよ」

またどん、と敖蒼の胸を叩いて彼を責める。

「俺の気持ちを知ってて、なのに自分の気持ちはちゃんと言わなくて、そのくせ試すような言い方は絶対しないんですよ」

「……悪かったな」

「本当ですよ。悪いですよ」

駄目押しとばかりにもう一度その胸を叩いてから、覚悟を決めて抱きついた。すっかり覚えてしまった厚みと匂いを味わうように背に腕を回し、叫ぶ。

「俺はなんで、あなたなんかを好きなんですか……!?」

「……俺が知るか、阿呆」

呆《あき》れたようにつぶやいた敖蒼が、髪を撫でる気配がする。

「俺だってな、お前は最初はずいぶん性格が悪く思えて、こいつは本当に蘭節と同じ魂を持つのかと疑っていたんだ」

「そうみたいですね……」

「それがどうしたことだ。気づけばむしろ、蘭節と違う部分が、愛しくなっていた……」

髪から頬へ、手が滑り落ちてきた。促されるまま顔を上げれば、漆黒の瞳がすぐ側にある。

「好きだ、虎之助。俺と正面から向き合ってくれるお前の魂を、愛している」

どちらからともなく、唇が重なった。

本当に重ねるだけの優しい口づけだったが、今までで一番気持ちがよかった。甘いため息を吐いてもう一度、とねだれば、敖蒼は仕方なさそうに笑いながら望むだけの口づけを与えてくれる。

十数度も交わしただろうか。すっかり息も上がった虎之助を強く抱き締めて、敖蒼は確認を始めた。

「いいんだな」

「はい」

「もう帰れないぞ」

「……はい」

恐怖を感じないわけではない。気ままな旅の学者ならいざ知らず、龍王の恋人として生きることに、どんな困難があるか見当もつかない。

「分かっています。でも、俺の魂はもう、あなたを選んでしまった」

誰の代わりでもない、敖蒼だけを。

「だから、あなたと一緒に辣で生きていきます」

「……虎之助……！」

抱きつぶす気かと思うほど強く、腕に力がこもった。この先への不安が、恐怖が、求められる喜びに薄れていくのが分かる。

「お前が嫌になっても、離さないからな。お前まで、いなくなったら……今度こそ俺は生きていけない」

敖黒そっくりの口説《くど》き文句にちょっと笑ってしまうが、長兄として、龍太子として気を張って生きてきた敖蒼が見せてくれた弱さが愛おしい。

思えば龍一にとって、自分はいつまでも庇護《ひご》すべき対象でしかなかったのだと思う。だが今、虎之助は臆病《おくびょう》なこの龍を守ってあげたいと強く感じた。

「大丈夫です。だから、あなたも……俺を離さないで」

嘘にもなる言葉だけでなく、行動でも気持ちを示そうと、その背に爪《つめ》を立てんばかりに強くしがみつく。

「虎之助……!!」

感極まったように、敖蒼が唇を押しつけてくる。輝かしい月明かりの下で、晴れて恋人同士となった二人は飽きることなく激しい口づけを交わし合った。


想いを交換し合うような口づけで魂は満足したようだが、人にも龍にも魄というものがある。

強烈な引力を、もっと深く繋がりたいという気持ちを、互いに口に出すまでもなく共有していた。そしてそのためには、若干の用意が必要だった。

「ああ、そうだ。兵を休ませたら、お前たちももう休め。羅貫はよく見張る必要があるが、過度な警戒はもう必要あるまい。強行軍で無理をさせたからな、きちんと労《ねぎら》うように」

敖蒼は通信術で、敖黒と敖白に今夜の命令を出している。

「あの、別に今じゃなくても、戻ってからでも……」

弟たちへの命令を横で聞いていた虎之助は、少々罪悪感に駆られた。ちなみに敖蒼には
もう一人、敖赫《ごうかく》という弟がいるはずだが、彼は後方支援を命じられているためここにはきていない。

「どのみち今夜は、付近で夜営の予定だったんだ。俺たちはとにかく、兵に無理をさせるのはよくないからな」

そう言いながら敖蒼が虎之助を連れてきたのは、露台のすぐ側にある小部屋だった。先ほどまでいた露台が見張りのためのものなら、ここは見張りの休憩所だろう。隅に簡素な寝台が用意されている。

「それより……悪いな、こんな場所で」

初対面の際の傲慢さが嘘のように、敖蒼は申し訳なさそうだ。彼の感覚では、ここは恋人同士の逢瀬《おうせ》にふさわしい場所ではないのだろう。小部屋といえども部活のロッカールームぐらいは広さがあり、清潔に片づけられてもいるので虎之助側に不満はないのだが。

「いいんです。俺も……今、ほしいから」

青灰色の瞳を潤ませておずおずと手を伸ばせば、強い力で抱き寄せられる。

「虎之助」

こちらを見下ろす敖蒼の目も同じ熱に濡れていた。龍一と同じ、大好きな漆黒の瞳。

今は敖蒼の目だから、愛しく思える。

そのままうっとりと見上げていると、焦《じ》れたように彼の顔が近づいてきた。月明かりの下とは打って変わった、性急な口づけに早くも息が上がり始める。

含まされた舌にしばらくはされるがままだった虎之助は、意を決して自らも舌を伸ばしてみた。一瞬驚いたように動きを止めた敖蒼が、すぐにそれまで以上の激しさで愛撫を再開する。

「ん、ん……っ、はぁ」

虎之助が応じたことが、よほど嬉しかったのだろうか。歯茎をなぞるように丁寧に口腔を舐めねぶられ、あっさりついて行けなくなった虎之助は、彼の背を強くかき抱くことで少しでも熱意を示そうと努めた。

「……虎之助」

片手で虎之助を抱き返し、片手で自分の腰帯を緩めながら、敖蒼が切羽詰まったような声で呼ぶ。隠しきれない愛情をそこに感じ取り、胸がいっぱいになった。

虎之助に対する自らの想いを認められずにいた、と告白してくれた敖蒼。そのせいか、これまで情事の際はずっと『蘭節』もしくは『お前』と呼ばれていた。

だが今は少し照れた顔で、練習するようにもう一度『虎之助』と呼んでくれた。

「今夜はちゃんと、お前の名前を呼んで、抱きたい……いいか？」

するりと辣服を床に落とした敖蒼が、たくましい胸をさらしながら熱っぽい息を吐く。

その熱に当てられたような気持ちで、虎之助も急いで東陽が着せてくれた腰帯を解いた。

「俺も……ちゃんとあなたの名前を呼んで、抱かれたい、です」

ごめん、東陽さん。心の中で謝りながら、互いの服を脱がせ合う。今この時は、脱いだ服を畳もうという意識は消え失せていた。

強く抱き合い、口づけを交わしながらもつれ合うようにして寝台の上に転がる。最初は横向きに抱き合ったまま、ひたすら唇を合わせていたが、やがて馬乗りになった敖蒼が手の平全体で虎之助の裸身を撫で回し始めた。

「あっ……ん、んっ」

「虎之助」

何度も抱いたはずの体を、確かめるような動きがくすぐったい。時折乳首や鎖骨に落ちてくる口づけが熱い。

「虎之助、好きだ」

譫言《うわごと》のように繰り返される敖蒼の声は、それ以上に熱い。

「虎之助、きれいだ。可愛い……」

荒い息と共に、脇腹や平たい腹を経由した指が内股に入った。すでに十分すぎるほど反応している性器を、やんわりと握られる。

「ん、んんっ、やっ……！」

いきなり弾けてしまいそうなほどの快楽を覚え、思わず敖蒼の胸に手を当てて押し返してしまった。

「……嫌か？」

拒絶されたと思ったのか、敖蒼が少し怯《ひる》んだような表情をした。

「ち、違います！　触って……ほしいんです、でも、あのっ……俺、すぐ、いっちゃいそうで……っ!!」

焦りの余り、ストレートすぎる申告をしてしまった。途端に虎之助は真っ赤になり、敖蒼は口の端でにやにやと笑う。

「まだ、大したことはしていないというのに……随分感じやすくなったな」

「だって、敖蒼様、俺を、その、呼び過ぎです……！」

「名前を呼ばれると感じるのか。それは、覚えておかないとな……虎之助」

ふふ、と嬉しそうに笑った敖蒼は、虎之助のよく知る意地の悪い余裕を漂わせ始めた。身の危険を感じた虎之助が逃げ腰になるのを許さず、慣れた手つきで手の中のものを刺激し始める。

「ひ、はっ、や、ぁ、ぁっ……!!」

「嫌ではないだろう。先端をいじめられるのが好きだな？　虎之助」

顔を背けても、耳元に卑猥な声が迫る。わざとらしく名前を呼びながら耳朶《じだ》を噛まれると、あっという間に絶頂が近づいてくるのが分かった。

「ば、馬鹿、言わな」

「この俺に向かって、馬鹿とはいい度胸だ。御礼にまず一度、極めさせてやる……虎之助」

「卑怯《ひきょう》、馬鹿、あっ、あーっ……!!」

性器への刺激か、耳朶への刺激か、甘く名を呼ばれたことか、どれがとどめだったかは分からない。分かったのはぞくりと背筋が痺れ、呆気なく気をやってしまったことだけだ。

「……は……」

こんなに簡単に、という悔しささえ、圧倒的な快楽に押し流されてしまう。大きく胸を震わせながら呼吸を整えていると、力の入らない足を広げられたのが分かった。

「ん、ぅ……」

己が吐き出したものをまとった指が、奥に潜り込んでくる。久しぶりの圧迫に虎之助は息を詰めるが、敖蒼はほっとした顔をしていた。

「狭いな、相変わらず。……離宮を離れてから……誰とも寝ていないのだな。安心した」

身勝手な感想だと思う反面、嬉しくも感じてしまうのは惚れた弱みというやつだろう。

実際、一度敖蒼と離れて以来、性的な接触にはとんとご無沙汰《ぶさた》だった。通訳代を体で払う、などと言い寄られたことは何度かあったが、全て丁重にお断りした。とてもではないが、そんな気にはなれなかったからだ。

その手の衝動がほとんどなくなったようにさえ思っていたのだが、今は絶頂を見たばかりであるというのに、体が次を欲しているのが分かる。

「もう、いい、ですから」

感想は身勝手だが、気遣いがないわけではない。狭い入り口を丁寧にほぐす動きをしている敖蒼に、小さな声で訴えた。

「……しかし、まだきついぞ」

「いいんです……痛くても、いいから……早く、あなたが……敖蒼様が、ほしい」

龍一ではなく、敖蒼を。

「……分かった」

想いが通じたようだ。真面目《まじめ》な顔になった敖蒼が、虎之助の両足を肩に担ぎ上げる。そのまま一気に、身を乗り出してきた。

「ん、んっ……!!」

やはり苦しいが、男の受け入れ方を完全に忘れてしまったわけではない。まして相手は、魂が求めている応龍だ。

「……っ、奥まで……入った、な」

じりじりと身を進めていた敖蒼が、声をかすれさせながら動きを止めた。

「動いて大丈夫か……？　虎之助」

譫言のようでもなく、からかうようでもない呼び声は、単純な心配によるもののようだった。純粋な親愛の情から、当たり前の声をかけられたことがなんだか胸に染みた。

「大丈夫です……敖蒼様なら」

素朴な愛情に応えて、虎之助も彼を呼ぶ。すると、中に含んだ敖蒼のものが少しふくらんだような気がした。

「……っ！　ん、ん」

「あ、悪……馬鹿、お前が急に呼ぶからだ……！」

兄のような態度から一転、にわかに焦り始めた敖蒼の反応が少々意外で、嬉しい。体のきつさを忘れて、虎之助は思わず言ってしまった。

「あなたも、俺に名を呼ばれると、感じてくださるのですね……」

「……それは……お前は最中に、俺の名など呼ばなかった……いや、そもそも会話をさせなかったのだな、俺が」

自嘲《じちょう》の翳《かげ》りが彼の顔を暗くする。失敗を悟った虎之助は、少し考えてから手を伸ばし、そっと彼の頬を両手で包み込んだ。

「敖蒼様、好きです」

ひどい人だと思っていたし、ひどいことをされたのも事実だが、虎之助だって十分な態度を取り続けていた。自分がもっと殊勝な人間であれば、敖蒼も途中で罪悪感に駆られていびつな関係を放棄していたかもしれない。

だから、もういいのだ。敖蒼のようなだめな龍には、そんなところも好きだと思ってしまうだめな虎が寄り添ってあげるべきなのだろう。

「敖蒼様は……かっこよくて、可愛くて、大好きです」

「可愛いは余計だ」

自嘲の翳りは払拭《ふっしょく》されたが、今度はすねさせてしまったようである。相変わらず扱いが難しい男だ。

東陽さんは剛胆な人格者だなんて言っていたのに、と苦笑するが、なにせ敖蒼は二年も幽閉されていたのだ。性格が変わるのも当然だろうし、蘭節が敖蒼の前でかしこまっていたように、部下や弟の前では努めて人格者として振る舞っていたのかもしれなかった。

だからこそ、彼は蘭節を求めたのだろう。素の己を見せられる、安らぎの場として。

少しだけ胸が痛んだが、以前感じたそれとは比較にならないほどのものだった。……大丈夫、自分は敖蒼を、敖蒼は自分を選んだ。

「俺、龍一さんのこと、可愛いなんて思ったことないです。あの人はずっと……あこがれの存在でしたから」

龍一に選ばれなかった痛みも、もはや古傷を無理やり指で押した程度のもの。傷ついたことは事実として残っているが、すでに思い出話に変わりつつある。

「……なら、許す」

偉そうに、しかし明らかに嬉しそうにうなずいた敖蒼の髪も顔の輪郭も、月光によって銀色に縁取られている。泣きたいほどの美しさに目を細めたところ、大きな手が虎之助の腰を摑んだ。

「だいぶ馴染んできたようだ。動くぞ……？」

一応確認してから、彼はゆっくりと腰を揺すり出す。

心はすでに開いているが、体はまだ開ききってはいないようだ。初めての時のようだな、と、敖蒼は額に汗の玉を浮かべて笑った。

「ふ、く、ぅ……っん」

「お前には、悪いことをしたが……お前の最初の男になれて、嬉しい」

「俺も……っ、あなたが最初で、よかったたっ……!!」

足を敖蒼の体に絡め、その動きを助けながら、虎之助は無我夢中で叫ぶ。

「……っ、ん、ふ……っ、俺の、あっ……、最後の人に、な、なって、くださいますよねっ……？」

「無論だ……!!」

つぶされてしまいそうなほどに強く、抱き締められる。身の内に龍の生命力が放たれるのを感じながら、虎之助はこの世界で改めて生まれ直したような喜びを感じていた。

あとがき

アズ文庫創刊おめでとうございます、雨宮四季《あまみやしき》と申します。再びのご縁がありまして、こちらでもファンタジーBLを書かせていただけることになりました。どうぞよろしくお願いいたします。

今作『傲慢《ごうまん》な龍《りゅう》は身代わりの虎《とら》を喰《く》らう』にも、相変わらず雨宮の好きなものがぎゅっと詰め込まれています。俺様黒髪攻め×寒色系受けは最高ですね！　受けは可愛《かわい》い系も美人系も好きなのですが、今回の虎之助《とらのすけ》はその中間ぐらいでしょうか。

中華ファンタジー＋異世界召喚《しょうかん》もの＋身代わりものが好きな御方の心に、少しでも響くことを願っております。いろいろと好き勝手な設定になっていますが、そこも含めてファンタジーということでお目こぼし下さいませ。

敖蒼《ごうそう》は生まれながらの龍太子、ということで、典型的な王様気質ではあるのですが、その分甘えられる相手にはベッタベタなんでしょうね。だからこそ、蘭節《らんせつ》≠虎之助がどうしても許せなかったのだと思います。蘭節との幻の恋と別れも一度書いてみたいものです。対する虎之助は、外見以外は古き良き日本人、というイメージで書きました。とても真面目《まじめ》で一途な子なので、割とメンタルが弱い敖蒼を支えてあげてほしいです。でもあんまり甘やかすとつけ上がりそうなので、適度に叱《しか》ってほしいです!!（笑）

主役カップルのみならず、脇《わき》役カップルもたくさん出てきましたので、彼らも愛していただけると大変嬉《うれ》しいです。ネタバレになってしまうので伏せておきますが、蘭節は「——」に出会った当初は人を信じない山猫みたいだったんだろうとか、「——」も最初は正反対の性格の兄をむしろ嫌っていたのだろうとか、あれこれ妄想をふくらませながら書きました。

実は男女カップルも大好きなので、龍一《りゅういち》と亜希子《あきこ》のシーンはとても楽しかったです。虎之助には悪いですけどね……。あと、東陽《とうよう》には早く私の海老《えび》として仕えてほしいです。お手製の点心《テンシン》を食べたいです。

イラストの小椋《おぐら》ムク様、ラフをいただいた際に思わず敖蒼に対して謝ってしまいました

（笑）。だってかっこよすぎて……! もっといい男にするべきだった、と反省しておりますが、彼なりにがんばっていたとは思います。

そして虎之助が実に凜々《りり》しく可愛く、金髪碧眼《へきがん》＋学ラン＋竹刀《しない》のギャップ萌えを絵にすると本当にすごい……！　ということを改めて知りました。龍だの辣《らっ》服だの、面倒《めんどう》な描写をお願いして申し訳ないです、でも最高です……!!

それでは、また次の作品でお会いできれば幸いです。

雨宮四季

普段描き慣れない世界観だったので不安も有り大変でしたが、
画面が新鮮でとても楽しかったです。
至らないところは目をつむって頂けると幸いです^_^;

黒君と白君が好きだったので、
三兄弟の小さなころなどを想像しては
原稿中にもだえていました。

雨宮先生、担当さん、読者の皆さん、
どうも有り難うございました。

小椋ムク

この本を読んでのご意見・ご感想・
ファンレターをお待ちしております。
〒101−0051
東京都千代田区神田神保町2−4−7
久月神田ビル7F
(株)イースト・プレス　アズ文庫 編集部

傲慢《ごうまん》な龍《りゅう》は身代《みが》わりの虎《とら》を喰《く》らう

2014年2月10日 第1刷発行

著　者：雨宮四季《あまみやしき》

装　丁：株式会社フラット
DTP：臼田彩穂
編　集：福山八千代・面来朋子
営　業：雨宮吉雄・藤川めぐみ

発行人：福山八千代
発行所：株式会社イースト・プレス
〒101-0051
東京都千代田区神田神保町 2-4-7
久月神田ビル 8F
TEL 03-5213-4700　FAX 03-5213-4701

http://www.eastpress.co.jp/

印刷製本　中央精版印刷株式会社

ISBN978-4-7816-1114-3　C0193